D1388168

CHARLES DICKENS

Charles Dickens est né en 1812 à Landport (Angleterre).

Après une petite enfance heureuse, il eut une adolescence misérable, sans scolarité, qui influença sûrement le romancier qu'il devint.

En 1824, son père fut emprisonné pour dettes et le jeune Dickens entra travailler dans une fabrique de cirage. Il n'y resta que quelques semaines mais se souvint toujours de ce contact avec le travail et la misère.

Son père, libéré grâce à un petit héritage, l'envoya à Londres en 1826 pour apprendre la sténo.

En 1827, il devint clerc de notaire puis il entra au *Morning Chronicle* comme journaliste. Il publia dans divers journaux et magazines des contes et des "scènes" de la vie dans les quartiers populaires de Londres.

En 1837, il obtint un triomphe littéraire avec *Les Aventures de M. Pickwick,* et put désormais se consacrer à la création littéraire.

Ses œuvres les plus connues sont *Oliver Twist* (1838), *Un Chant de Noël* (1843), *Le Grillon du foyer* (1846), *David Copperfield* (1849), *La Petite Dorrit* (1857), *Les Grandes Espérances* (1861)...

Il fonda plusieurs hebdomadaires et fit des tournées de conférences en Europe et aux U.S.A.

Surmené, il mourut d'apoplexie à Gadshill, en 1870.

Dans ses romans, il dénonça les abus de la société de son temps avec réalisme, humour et aussi avec une émotion teintée de sensiblerie.

DAVID COPPERFIELD

CHARLES DICKENS

TEXTE ABRÉGÉ POUR LA COLLECTION TOURNESOL JUNIOR

© 1990 SUSAETA EDICIONES, S.A - MADRID (ESPAÑA)
ÉDITIONS RONDE DU TOURNESOL S.A.R.L.
11, RUE DE LA LIBERTÉ - 78200 MANTES-LA-JOLIE (FRANCE)
TEL. (1) 30 94 53 72 - TX. 699525 EDISOL
TÉLÉCOPIEUR (1) 30 94 49 19
IMPRIMÉ EN ESPAGNE PAR SUSAETA EDICIONES
DÉPOT LÉGAL 1990
LOI 49-956 DU 16 JUILLET 1949 SUR LES
PUBLICATIONS DESTINÉES À LA JEUNESSE
D.L. M-33.019-1986 - I.S.B.N. 2-7367-0098-8
PRINTED IN SPAIN

1

D'après ce que l'on m'a raconté, je suis né un vendredi à minuit, au moment précis où l'horloge commençait à sonner. C'était à Blunderstone, une petite ville inconnue située dans le comté de Suffolk.

Mon père s'était éteint six mois avant ma naissance, me laissant à mon triste sort d'orphelin. Je ne puis cependant lui en vouloir. Quand j'évoque sa mémoire, je revois la pierre blanche de sa tombe, et je l'ai souvent imaginé perdu dans les ténèbres de l'au-delà, seul, transi de froid, privé de la chaleur et de la lumière de notre foyer.

Un après-midi glacial de mars, quelques heures avant ma naissance, ma mère, assise au coin du feu, pleurait sur son sort. Elle se disait: "Que vais-je devenir et qu'adviendra-t-il de cet enfant que je porte en moi?". Et soudain, elle vit arriver par le jardin une femme qu'elle crut reconnaître. C'était à n'en pas douter la redoutable Miss Betsy, tante de son défunt mari. Ma mère en fut si profondément troublée que je suis convaincu que je suis né ce vendredi-là grâce à Miss Betsy.

Miss Betsy, le grand personnage de la famille, allait jouer, nous le verrons, un rôle important dans mon existence. Mon père fut son neveu préféré jusqu'au jour où il décida d'épouser une jeune femme de vingt ans plus jeune que lui. Elle décréta qu'une jeune femme de cet âge était une "poupée de porcelaine" et ne voulut pas en savoir davantage. Mon père, qui n'était guère robuste, mourut un an plus tard sans l'avoir revue. Telle était la situation, dans la matinée de ce "mémorable vendredi".

—Mistress David Copperfield, je présume? demanda brusquement ma grand-tante.

—Oui. Sans doute êtes-vous... balbutia ma mère.

—Miss Betsy Trotwood, en effet, répliqua sèchement l'étrangère.

Elles allèrent s'asseoir près du poêle dans le salon,

et brusquement ma mère fondit en larmes.

—Allons, allons, ma chère! Reprenez-vous! Je ne puis souffrir les larmes, dit Miss Betsy d'un ton impérieux.

Ma mère parvint à se rasséréner et, cédant aux instances de l'étrangère, elle ôta le bonnet qui dissimulait en partie son visage. Mais ses mains tremblantes détachèrent ses longs cheveux en même temps que son bonnet.

—Mon Dieu! Mais vous n'êtes qu'une enfant!

—Sans doute, répondit ma mère, tremblante et rougissante.

Après avoir accablé ma mère de questions indiscrètes, Miss Betsy s'insurgea contre mon père:

—A-t-on idée de surnommer sa servante Peggoty! Je reconnais bien là mon neveu!

Cette dernière apparut à ce moment-là dans le salon pour servir le thé, puis elle se retira.

Miss Betsy déclara alors à ma mère:

—Vous allez avoir une fille et j'accepte d'être sa marraine à dater du jour de sa naissance.

—Ce sera peut-être un garçon, hasarda ma mère.

—Ce sera une fille! affirma catégoriquement la visiteuse. Je vous prie de ne pas me contredire. Vous l'appellerez donc Betsy Trotwood Copperfield, et je me chargerai de son éducation.

Ma mère, très troublée, n'osa protester. Ma tante en profita pour reprendre son interrogatoire auquel ma mère ne se déroba point. Puis elle en vint à des questions d'ordre pratique.

—David avait des rentes viagères, n'est-ce pas? Qu'a-t-il fait pour vous?

—Mon époux a placé une partie de ce capital à mon nom, articula péniblement ma mère.

—Ce qui fait une somme de...?

—Cent cinq livres sterling.

—Bon, après tout ce n'est pas si mal.

Ma mère, souffrante, se retira dans sa chambre tandis que son interlocutrice prévenait Peggoty. Cette dernière envoya son neveu Cham chercher le docteur Chillip, qui, à peine arrivé, se mit au travail.

—Tout s'est très bien passé, dit le médecin en redescendant au salon.

—Comment se porte la petite? lui demanda ma tante.

—Le petit se porte très bien, je puis vous l'assurer, lui répondit-il d'un ton moqueur.

Miss Betsy eut un geste de recul; saisissant son chapeau par les brides, elle le lança comme une fronde à la tête de M. Chillip, puis l'enfonça sur sa propre tête. On ne la revit jamais.

Exception faite de ma mère et de Peggoty, je n'ai que des souvenirs vagues et imprécis de mes toutes premières années. Je revois aussi le long couloir qui menait de la cuisine à la porte d'entrée; la cour intérieure et le pigeonnier sans le moindre pigeon, et une grande niche sans le moindre chien; le salon et le grand salon; c'est-à-dire la maison et ses recoins mystérieux.

Peggoty était une seconde mère pour moi. Un soir, nous étions seuls assis au coin du feu, et, tandis qu'elle

brodait, je lisais à haute voix une histoire de crocodiles. Je voyais à sa mine qu'elle saisissait mal mon histoire, et soudain je lui dis:

—Tu ne t'es jamais mariée, Peggoty?

—Non, jamais, répondit-elle. Pourquoi me deman-
des-tu cela?

—Toutes les jolies femmes se marient, n'est-ce pas? lui répondis-je.

—Tu es un ange! s'exclama-t-elle, flattée. Moi, jolie!

—Peut-on se marier avec deux ou trois personnes à la fois? demandai-je avec curiosité.

—Certes non! s'écria-t-elle.

—Mais si tu te maries avec une personne, si cette personne meurt tu peux te marier avec quelqu'un d'autre, non?

—Oui je le peux. Si je le veux, dit Peggotty comme si elle parlait d'elle-même, sans que je sache pourquoi.

—Voudrais-tu te marier une seconde fois? insistai-je.

—Je ne sais même pas si je voudrais me marier tout court, murmura-t-elle, soudain triste et pensive.

—Tu n'es pas fâchée au moins? lui dis-je en me jetant dans ses bras.

Elle me serra très fort contre elle et me caressa les cheveux.

—Mon petit Davy, dit-elle avec douceur. Allez, lis-moi encore tes histoires de crocodiles.

Je terminai le chapitre pour lui faire plaisir. J'allais commencer les histoires de caïmans quand on frappa à la porte. Nous courûmes pour l'ouvrir; c'était ma mère, plus belle que jamais. Un monsieur l'accompagnait: il avait des favoris noirs et son visage ne m'était pas inconnu.

Je tentai d'échapper aux caresses de l'intrus qui ne m'inspirait pas confiance. Tandis qu'il effleurait de ses lèvres la main de ma mère, un sentiment de jalousie s'empara de moi. Je voulais qu'il s'en aille au plus vite mais il faisait semblant de ne s'apercevoir de rien. Puis, enfin, il me dit:

—Mon cher enfant, je dois me retirer. Puis-je te serrer la main?

Je haussai les épaules et lui tendis délibérément la main gauche.

—Voyons David, l'autre main! dit-il en riant.

Mais il dut se contenter de ma main gauche et j'adressai à ma mère un regard entendu.

Ce soir-là, les deux femmes de la maison se disputèrent au sujet de ce monsieur. Peggotty n'approuvait pas la joie manifeste de ma mère et elle lui rappela qu'elle était veuve. Ma mère protesta faiblement puis recourut à son stratagème préféré: les larmes.

—Mon fils, mon pauvre Davy, s'écria-t-elle hors de propos, en me couvrant de baisers et de caresses. Comment oses-tu insinuer que je n'aime pas ce trésor, cet enfant adorable? ajouta-t-elle à l'intention de Peggotty.

—Je n'ai rien dit de tel! répliqua la servante, visiblement émue.

—Tu l'as dit ou tu as voulu le dire, dit ma mère en pleurant de plus belle; mais mon petit sait bien que je l'aime. Dis-moi, mon chéri, suis-je une si mauvaise mère?

Ce fut alors un concert de larmes; mais je tenais à pleurer plus fort qu'elles, et j'y parvins aisément. Ces torrents de larmes se tarirent et nous allâmes nous coucher, très fatigués.

Je dus m'habituer à la présence du monsieur aux favoris noirs, mais mes sentiments à son égard ne changèrent pas pour autant. Quelques mois plus tard, Peggoty me fit une étonnante proposition:

—Aimerais-tu passer une quinzaine de jours avec moi à Yarmouth, chez mon frère?

—Mais on ne peut pas laisser maman toute seule, objectai-je sans grande conviction.

—Mais tu n'es donc pas au courant? dit-elle d'une voix étrange. Madame Grayper l'a invitée à passer quinze jours chez elle.

—Dans ce cas, c'est entendu. Nous partons quand tu voudras. Mais crois-tu que maman sera d'accord?

—Certainement! répondit Peggoty avec un petit rire qui sonnait faux.

Nous préparâmes joyeusement les bagages. J'étais loin de deviner ce qui se tramait dans mon dos! Tout fut arrangé le soir même.

Au moment du départ, ma mère me couvrit de baisers et de larmes. J'en conclus que Yarmouth était peut-être à l'autre bout du monde. Quand notre carriole s'ébranla, ma mère agita frénétiquement la main; et soudain, M. Murdstone, l'homme aux favoris noirs, apparut et lui reprocha ses excès de transports. J'eus un mauvais pressentiment: ce voyage n'était-il pas un prétexte pour m'éloigner d'elle? Et Peggoty n'était-elle pas chargée de m'abandonner dans la nature, comme le petit poucet? En proie au doute, je me mis à jeter des boutons sur la route, de temps à autre, afin de retrouver mon chemin si l'affaire tournait mal.

2

Le voyage vers Yarmouth n'en finissait pas, grâce à la paresse conjuguée du voiturier et de son cheval. Quand nous aperçûmes enfin l'immense plage, ma déception fut à son comble. Comment aurais-je pu imaginer un endroit si plat et si désert?

En pénétrant dans la rue principale, je découvris au contraire une ville très vivante, remplie d'une foule mouvante et joyeuse. L'air y sentait le goudron, l'étoupe et le poisson, et l'on croisait à chaque instant des marins avec leur tabac de pipe et leur marinière rayée. Les commerçants s'époumonaient pour attirer le client et les passants s'attardaient devant les éventaires.

—C'est magnifique! dis-je extasié.

—Je te l'avais bien dit, Davy: Yarmouth est la ville la plus merveilleuse du monde! répondit joyeusement Peggoty.

Son neveu Cham nous attendait devant l'auberge. Il me salua comme si nous étions de vieilles connaissances, alors qu'il ne m'avait pas revu depuis le "mémorable vendredi". Ensuite il me hissa sur ses épaules, glissa sous son bras un coffret à nous et s'achemina vers la plage en compagnie de Peggoty.

Ne voyant toujours rien, je commençai à m'impatienter. C'est alors que Cham m'annonça:

—Voilà notre maison, Monsieur Davy.

Une maison, mais où donc? J'avais beau écarquiller les yeux, il n'y avait que du sable et quelques touffes d'herbe; et face à moi, échoué sur le sable, un vieux bateau avec un tuyau qui fumait.

—C'est ça, Monsieur Davy, répondit Cham; c'est le bateau.

L'étonnement fit place à l'enchantement. C'était encore mieux que le palais d'Aladin. Vivre dans un bateau échoué sur la plage!

Une charmante porte, entourée de petites fenêtres, se détachait sur le flanc du bateau. L'intérieur était propre et bien agencé. Nous fûmes accueillis par une femme avenante qui nous avait salués de loin. Près d'elle se tenait une petite fille qui portait un collier de perles bleues.

On me montra ma chambre, une chambre délicieuse, avec ses murs tout blancs, son petit lit et sa fenêtre ronde. J'y retrouvai l'odeur de la "maison": une forte odeur de poisson.

Juste après le repas, nous vîmes arriver le frère de Peggoty, un homme robuste, philosophe et humoriste. Son accueil me parut des plus sincères. Nous prîmes le thé tous ensemble, puis il fallut fermer portes et fenêtres car les soirées étaient froides et brumeuses.

Dehors, le vent mugissait sur la mer. A l'intérieur, le feu crépitait dans la grande cheminée. Peggoty et l'autre femme cousaient, la petite Emilie était blottie contre moi, et M. Peggoty fumait tranquillement sa pipe.

—M. Peggoty, votre fils s'appelle Cham parce que vous vivez dans une sorte d'Arche? lui demandai-je.

Il prit un temps pour répondre.

—Peut-être, mais c'est mon frère Joseph, son père, qui a choisi son prénom.

—Donc, ce n'est pas votre fils... balbutiai-je, surpris. Et où est votre frère?

—Il s'est noyé.

—Mais Emilie, c'est bien votre fille?

—Non, c'est la fille de mon beau-frère Tom, répondit tranquillement M. Peggoty.

—Et où est votre beau-frère?

—Il s'est noyé lui aussi.

Ce que j'apprenais piquait ma curiosité.

—Vous n'avez pas d'enfants, M. Peggoty?

—Non, je suis célibataire.

—Mais alors... qui est cette femme? dis-je, en regardant la personne en tablier blanc.

—C'est mistress Gummidge.

Peggoty me fit signe de me taire. Dans le secret de ma chambre, elle m'expliqua que son frère avait adopté Cham, Emilie et mistress Gummidge. Sans lui, ils auraient été réduits à la mendicité.

Je m'endormis en pensant à cet homme si bon, mais je redoutai l'assaut des vagues en pleine nuit. Par bonheur, il me revint que nous étions sur un bateau, entre les mains d'un bon capitaine. Bercé par le bruit des vagues, je m'abandonnai aux bras de Morphée.

Le lendemain matin, je sautai hors du lit pour aller ramasser des coquillages sur la plage avec Emilie. Le soleil brillait et la journée promettait d'être belle.

—Tu aimes la mer? lui demandai-je pour me montrer agréable.

—Oh non, au contraire. La mer est cruelle et j'en ai peur, répondit-elle, sombre.

—Cruelle? m'écriai-je. Ah, bien sûr, tu te souviens de ton père...

—Et je pense à un bateau aussi grand que le nôtre, que la mer a brisé et coulé sous mes yeux, ajouta-t-elle.

—Tu l'as connu?

—Qui, mon père? Non, j'étais trop petite quand il est mort.

Etrange coïncidence: moi non plus je n'avais pas connu mon père. Emilie écouta avec attention le récit que je lui fis de ma courte vie, puis elle ajouta avec tristesse:

—Toi au moins, tu sais où est la tombe de ton père.

—Comment appelles-tu M. Peggoty? lui demandai-je pour dissiper son chagrin.

—Oncle Daniel.

—C'est un homme de cœur, n'est-ce pas?

—C'est la bonté même! affirma Emilie, souriante. Si j'étais une noble dame comme ta maman, je lui offrirais un costume bleu ciel avec des boutons en diamant, un gilet de velours rouge, des culottes en coton, une pipe en argent et bien d'autres choses encore.

Nous finîmes par arriver au bout d'une jetée léchée par les vagues. Emilie, perdue dans ses pensées, s'ap-

procha tout près du bord, et instinctivement je tendis les bras vers elle.

—Attention, tu vas tomber! lui dis-je.

—Ah, tu vois bien, toi aussi tu as peur de la mer, lâcha-t-elle ironiquement.

Depuis ce jour-là, j'aimai Emilie. C'était une petite fille au cœur noble et sincère, l'amie idéale d'un gamin comme moi. Nous nous entendions très bien et, auprès d'elle, le temps passa très vite. Aussi, quand Peggoty m'annonça que nous rentrions à Blunderstone, ce fut un déchirement.

Le voyage se déroula sans incidents, mais en revoyant la maison je me sentis tout drôle. J'ouvris la porte moitié riant, moitié pleurant, impatient d'embrasser ma mère. Hélas, ce n'est pas elle que je vis, mais une servante inconnue.

—Peggoty, qu'y a-t-il? Où est maman? demandai-je d'une voix altérée.

—Viens par là, j'ai quelque chose à te dire, me dit-elle en m'entraînant dans la cuisine. Je la vis fermer la porte aussitôt et, n'y tenant plus, je lui criai:

—Peggoty, parle bon sang!

—Ecoute Davy, articula-t-elle péniblement. Voilà, tu as un nouveau papa.

—Comment ça, un nouveau papa? dis-je d'une voix tremblante.

Mes yeux se remplirent de larmes et je me sentis défaillir.

—Oui, Davy. Et tu l'aimeras beaucoup, presque comme ta maman, dit Peggoty d'une voix mal assurée. Viens le voir maintenant.

—Je sais bien qui c'est! m'écriai-je, furieux.

Un souffle mortel, qui semblait venir du tombeau de mon père, me cingla le visage.

—Tu ne veux pas voir ta maman?

Je ne résistai plus et me dirigeai vers le grand salon où se tenaient ma mère et M. Murdstone. J'entendis ce dernier dire à ma mère:

—Et n'oublie pas, Clara, maîtrise-toi devant lui... Bonjour David! Comment vas-tu?

Je lui tendis la main machinalement; puis j'embrassai ma mère. Elle m'étreignit tendrement, s'assit et reprit son ouvrage.

Je quittai à la hâte le salon, mais ce fut pour découvrir qu'on m'avait changé de chambre.

—Désormais tu occuperas une chambre au fond du couloir, me dit la nouvelle servante.

J'étais trop malheureux pour protester. Après avoir inspecté ma nouvelle chambre, je descendis dans la cour comme une âme en peine. Là encore, une mauvaise surprise m'attendait: la niche, qui avait toujours été vide, était désormais occupée par un énorme chien qui se jeta sur moi furieusement. Je fus obligé de m'enfuir vers ma chambre.

Cette nuit-là, je pleurai toutes les larmes de mon corps! J'avais le cœur déchiré: ma mère, mariée à ce monsieur! C'était impossible! Je m'endormis vite, vaincu sans doute par la fièvre qui empourprait déjà tout mon visage; mais peu après, des mains chaudes et douces se posèrent sur mon front et je me réveillai.

—David, mon enfant, tu es malade? s'écria ma mère en touchant mon front brûlant.

—Non! répliquai-je, en détournant la tête pour lui cacher mes larmes.

—Tu es méchant avec moi, Davy, se plaignit-elle; et s'adressant à Peggoty: c'est de ta faute! Tu l'as monté contre moi et maintenant il ne m'aime plus.

—Que Dieu vous pardonne, Madame Copperfield! répondit la servante en levant les yeux au ciel.

—Oh, je vais devenir folle! gémit ma mère, en se couvrant le visage de ses deux mains. Me faire cela en pleine lune de miel, alors que même mon pire ennemi me sourirait!

Une main ferme s'empara de la mienne. C'était celle de M. Murdstone.

—Qu'est-ce que cela signifie? Clara, n'oublie pas que tu dois être ferme avec cet enfant.

—Je suis désolée, Edouard, mais je me sens très malheureuse, s'excusa ma mère en sanglotant.

—Et pourquoi donc?

Elle lui glissa quelques mots à l'oreille et il acquiesça d'un air sévère. Puis il chuchota à son tour, posa un baiser sur sa joue, la prit dans ses bras et déclara:

—Descends au salon, Clara. Nous avons des choses à nous dire, David et moi. Et vous, mon amie, ajouta-t-il à l'intention de Peggoty, retenez bien le nom de votre maîtresse. Le nom de Madame Copperfield a dû vous échapper sans doute...

Peggoty, visiblement troublée, me regarda et prit congé sans mot dire. Ma mère lui emboîta le pas.

—David, comment est-ce que je m'y prends pour dompter un chien ou un cheval entêté?

—Je n'en sais rien.

—Je le bats.

Je restai sans voix. Je voyais parfaitement où il voulait en venir.

—Les animaux rebelles goûtent de mon éperon ou de mon fouet. Je les bats jusqu'au sang s'il le faut. Comprends-tu?

Je gardai le silence. Pour rien au monde je n'aurais ouvert la bouche. Quand il se fut éloigné, je pleurai

à nouveau, mais de peur. Je le croyais fort capable de mettre ses menaces à exécution, et je songeai que ma mère allait être bien malheureuse avec cet homme.

Miss Murdstone, la sœur de mon beau-père, fit son apparition le lendemain. Elle entra chez nous comme gouvernante et son physique m'inspira une vive répulsion. Grande, maigre, ingrate, c'était l'autorité incarnée; ses sourcils épais, se croisant presque sur son nez aquilin, faisaient ressortir la froideur de sa personne. Elle ressemblait beaucoup au nouveau maître de maison, jusque dans ses intonations.

Le frère et la sœur ne tardèrent pas à obtenir la totale soumission de ma mère. Ils régentaient tout dans la maison, sans jamais la consulter et, dès les premiers jours, ils s'octroyèrent les principales responsabilités domestiques. Ce fut en vain que ma mère tenta de défendre ses droits: elle n'avait pour elle que sa naïveté et son inexpérience.

Quant à moi, je leur tins tête avec les seules armes dont je disposais: l'hostilité et l'indifférence. Du temps où ma mère me faisait travailler, j'étais assez bon élève. Mais, sous la férule de Miss Murdstone, tout changea, et c'était de ma faute, je l'admets volontiers.

Un matin, en descendant au salon, je surpris des propos qui ne laissèrent pas de m'inquiéter. M. Murdstone était convaincu que le fouet améliorerait mes résultats scolaires et ma conduite. Sa sœur se rangeait à son avis.

Ce jour-là, je devais réciter mes leçons à M. Murdstone. Je les avais pourtant bien apprises la veille mais, face au tyran, tout alla de travers: j'accumulais les erreurs et ma mémoire me trahissait affreusement.

—Montons dans ta chambre, David! cria mon beau-père, en se levant brusquement, et en me traînant vers la porte.

Une fois dans ma chambre, il fit tournoyer un fouet improvisé, qui n'était autre que sa canne, avec des courroies rajoutées. Puis, coinçant ma tête sous son bras, il se disposa à me battre.

—Je vous en supplie, M. Murdstone, ne me battez pas! implorai-je, en tremblant de tout mon être. J'ai essayé d'apprendre, Monsieur. Mais quand vous êtes là, je ne peux pas réciter, je n'y arrive pas

—Vraiment! Eh bien, nous verrons cela!

Il me fouetta cruellement tandis que je tentais de me dégager. N'y parvenant pas, je mordis de toutes mes forces la main qui me retenait et il hurla de douleur. Il se remit alors à me battre comme s'il voulait me tuer. Quand il en eut assez de frapper, il sortit et ferma la porte à clef, ignorant les supplications de ma mère et de Peggoty qui voulaient me porter secours.

J'étais plus mort que vif et le moindre mouvement était une torture. Je mis longtemps à m'endormir et je pensai à ma mère.

Je fus cloîtré dans ma chambre pendant une semaine —j'étais autorisé uniquement à descendre dans la cour une demi-heure par jour— après quoi je partis en carriole pour une école de Londres. Peggoty m'avait informé la veille de ce projet.

—Au revoir, Davy, sanglota ma mère en me serrant

contre son cœur. C'est pour ton bien que tu dois partir. Tu reviendras ici pour les vacances. Tâche de devenir meilleur d'ici là.

Je ne répondis rien et me dirigeai vers la carriole en compagnie de Miss Murdstone.

—J'espère que tu vas te repentir de ta mauvaise conduite, me dit-elle d'un ton menaçant. Sinon, prépare-toi au pire.

Ces paroles m'humilièrent et me tourmentèrent mais, une fois encore, je me tins coi.

3

Nous avions parcouru un demi-mille environ, et mon mouchoir était tout trempé, quand le voiturier s'arrêta brusquement. Regardant au dehors, je vis Peggoty jaillir d'une haie et grimper dans la carriole. Elle me serra très fort dans ses bras et me dit simplement:

—Prends ces bonbons et cette bourse.

Après m'avoir serré dans ses bras une dernière fois, elle s'éloigna. J'ouvris hâtivement la bourse: elle contenait trois shillings de Peggoty et trois demi-couronnes de ma mère. Une crise de larmes me secoua, puis je m'endormis jusqu'à Londres, épuisé par toutes ces émotions.

A l'arrivée, personne n'était là pour m'accueillir. Un individu se présenta enfin au bureau de la diligence et, après avoir interrogé le commis, il s'approcha de moi.

—Vous êtes le nouveau? me demanda-t-il.

—Oui, Monsieur.

—Je suis un des professeurs de l'Institution de Salem et mon nom est Mell.

Je le saluai humblement puis nous montâmes dans la diligence et je m'endormis encore. A mon réveil, nous étions devant l'Institution de Salem, un bâtiment triste et lugubre, entouré d'un haut mur de brique. Le professeur sonna et nous aperçûmes, à une ouverture grillagée de la porte, le visage hargneux d'un homme.

—Le nouveau, dit le professeur.

J'appris, de la bouche de M. Mell, que c'étaient les vacances, et que tous les élèves étaient dans leurs familles. M. Creakle, le directeur de l'établissement, prenait l'air au bord de la mer, avec madame et Miss Creakle. Quant à moi, on m'avait envoyé en pension pendant les vacances pour me punir de ma mauvaise conduite. J'avais donc l'entière jouissance du sinistre bâtiment, ou du moins, je le croyais.

M. Mell me laissa dans la salle d'études que je pus contempler à loisir. Soudain, j'aperçus un écriteau en carton posé sur un pupitre; en m'approchant, j'y lus ces mots, rédigés en gros caractères: "Prenez garde, il mord".

J'eus beau regarder sous le pupitre et alentour, je ne vis pas trace du fameux chien.

—Pardonnez-moi, monsieur, dis-je au professeur quand il fut de retour, mais, où est le chien?

—Le chien? dit-il. Quel chien?

—Le chien dont il faut se méfier, parce qu'il mord, répondis-je, en montrant l'écriteau.

—Non, Copperfield, il ne s'agit pas d'un chien, mais de vous. J'ai pour instructions de vous mettre cet écriture sur le dos. Je suis désolé, mais je suis obligé de le faire.

Là-dessus, il me l'attacha sur les épaules. Grâce à

M. Murdstone, je dus désormais emporter l'écriteau partout où j'allais: je n'étais pas au bout de mes peines.

Un mois plus tard, le concierge, qui avait une jambe de bois, commença le nettoyage de l'établissement. J'en conclus que M. Creakle ne tarderait pas à rentrer. J'avais vu juste: quatre jours plus tard, le directeur me fit demander.

—Donc, dit-il, voici le jeune monsieur dont il faut limer les dents. Retournez-le! brama-t-il.

L'homme à la jambe de bois me fit tourner et retourner.

—Et maintenant, qu'avez-vous à me dire de cet élève?

—Rien encore à lui reprocher, dit le concierge, mais... patience!

—Ecoutez-moi, petit diable, dit M. Creakle. Votre beau-père est un homme de valeur, un homme énergique, murmura-t-il en m'empoignant l'oreille. Il me connaît et je le connais. Me connaissez-vous, vous? Hein? Je vais vous dire ce que je suis, je suis un Tartare.

—Un Tartare! répéta le concierge dont la voix de stentor faisait toujours écho aux paroles du directeur.

—J'ai un caractère inflexible. Quand je dis que je veux qu'une chose soit faite, je veux qu'elle soit faite! ajouta-t-il en me pinçant l'oreille avec un féroce enjouement.

—...veux qu'une chose soit faite, je veux qu'elle soit faite! reprit le concierge.

—S'il vous plaît, monsieur? balbutiai-je, tout surpris de mon propre courage; si vous vouliez bien...

—Hein, que se passe-t-il? marmotta l'autre, en m'interrompant.

—Si l'on pouvait me permettre, monsieur... d'enlever cet écriteau avant le retour des élèves, achevai-je, plus mort que vif.

—Dehors! rugit le directeur, en s'élançant sur moi comme un fauve. Effrayé, je battis précipitamment en retraite vers ma chambre.

Le lendemain matin, M. Sharp rentra. M. Sharp était le Professeur principal et le supérieur de M. Mell. Puis ce fut au tour de l'élève Tommy Traddles, qui devint bientôt mon ami. J'avais lu son nom gravé parmi bien d'autres sur une porte de la cour. Mon écriteau l'amusa tellement qu'il me présenta, sur le ton de la plaisanterie, à tous les autres élèves, à mesure qu'ils arrivaient. Du coup, l'épreuve fut beaucoup moins redoutable que prévu.

Toutefois, l'on ne me considéra pas comme officiellement accueilli au sein de l'école avant l'arrivée de J. Steerforth. Il avait la réputation d'être un excellent élève, et je fus conduit devant lui comme devant un magistrat. Après avoir écouté attentivement les circonstances de mon châtiment, il voulut bien déclarer: "c'est une rude honte, mon vieux". C'était m'accepter dans son clan et je lui en fus éternellement reconnaissant.

—As-tu de l'argent, Copperfield? me dit-il, en me prenant à part.

—Oui, sept shillings.

—Tu peux me les confier, dit-il. Bien sûr, tu n'es pas obligé...

—Mais bien volontiers, Steerforth, m'écriai-je, ravi de pouvoir lui témoigner ma confiance. Tandis que je vidais ma bourse dans sa main, il me demanda:

—Peut-être que tu aimerais dépenser deux ou trois shillings pour une bouteille de cassis qu'on boirait ce soir au dortoir?

—Oui, cela me ferait plaisir.

—Mais hélas, une fête sans gâteaux aux amandes, sans miel et sans fruits... ajouta-t-il, faussement triste.

—Entendu. Achète le nécessaire! dis-je, consentant et souriant.

Le festin fut royal et nous mangeâmes et bûmes tous copieusement; mais, à vrai dire, je regrettais d'avoir gaspillé ainsi les shillings que Peggoty m'avait donnés.

La classe commença pour de bon le lendemain matin. Le joyeux tumulte des voix dans la salle se mua soudain en un silence de mort, lorsque M. Creakle apparut sur le seuil. Tungbsy, l'homme à la jambe de bois, était à côté de lui.

—Mes enfants, voici un nouveau semestre, dit le directeur. Je vous engage à être particulièrement sérieux et appliqués dans votre travail. Sinon, il vous en cuira jusqu'à la moelle des os.

Tout en parlant, il agitait sa canne, et nous comprîmes de quoi il retournait. Après ce redoutable exorde, il s'intéressa longuement à ma personne.

—Comment trouvez-vous cette dent-là, Copperfield? Mord-elle bien, hein? Mord-elle bien? Bien sûr, c'était de la canne qu'il s'agissait; à chaque question, il m'administrait un coup de canne, jusqu'à ce qu'il obtienne une réponse satisfaisante.

Traddles et les autres subirent bientôt le même sort, et cela me consola, bêtement, je l'avoue.

Un glacial après-midi, je reçus la visite de M. Peggoty et de Cham. Je n'en croyais pas mes yeux. Ils ne m'avaient pas oublié! Je ne pus m'empêcher de pleurer en leur serrant la main.

—Regarde ce que nous t'avons apporté, Davy, dit M. Peggoty en me tendant un sac de toile. J'y découvris deux énormes langoustes, un gros crabe et plein de crevettes.

—Merci, merci beaucoup! m'écriai-je émerveillé.

—Tu en étais si friand! dit Cham.

Nous parlâmes des jours merveilleux passés ensemble dans la "maison-bateau" et nous plaisantâmes gaiement. Puis il leur fallut partir et nous nous quittâmes cordialement. Et le grand souper de crustacés que nous fîmes ce soir-là, au dortoir, impressionna très favorablement mes camarades.

Le reste du semestre fut triste et interminable. Les vacances approchaient avec une lenteur insupportable. En temps voulu, Steerforth m'annonça que M. Creakle avait réservé une place pour moi dans la diligence de Yarmouth, première étape de mon voyage à Blunderstone. J'allais enfin revoir ma mère! Je bouillais d'impatience et, comme tout finit par arriver...

4

Je longeai à grands pas l'allée qui menait à la maison, craignant à chaque instant d'apercevoir M. Murdstone ou sa sœur. Par bonheur je ne vis personne. J'ouvris la porte du vestibule et j'entrai sans frapper.

Je vis aussitôt ma mère; assise au coin du feu, elle berçait un petit enfant. Elle était seule.

—Maman! criai-je en m'élançant vers elle.

Elle tressaillit un peu, puis, m'apercevant, elle m'appela "son Davy chéri" et me serra tendrement contre son cœur. L'enfant gémit et je caressai ses menottes.

—C'est ton petit frère, me dit ma mère en me couvrant de baisers.

Sur ces entrefaites, Peggoty entra en courant. Elle se mit à m'embrasser comme une folle, tout en riant et en parlant. J'appris bientôt que les Murdstone étaient allés faire une visite dans le voisinage et qu'ils ne reviendraient que dans la soirée. Je n'avais jamais rêvé tant de bonheur!

Nous dînâmes joyeusement au coin du feu et Peggoty partagea notre repas. Après le dîner, je leur racontai quelques anecdotes de mon séjour à l'Institution de Salem, et nous passâmes une soirée délicieuse. Nous étions vraiment heureux. A dix heures je montai me coucher pour fuir les détestables intrus, qui arrivèrent peu après.

Le lendemain matin, je descendis déjeuner de bonne humeur. M. Murdstone me regarda fixement comme s'il ne me connaissait pas. Je m'avançai vers lui en disant:

—Je vous demande pardon, monsieur; je suis bien fâché de ce que j'ai fait.

—J'apprécie ton attitude, David; et je te pardonne, répondit-il sèchement.

Un jour, comme j'allais me retirer dans ma chambre comme d'habitude après le repas, mon beau-père en décida autrement.

—David, je regrette de te dire que ton caractère est insupportable, affirma-t-il sévèrement.

—Je n'ai jamais vu d'enfant aussi renfrogné et obstiné, dit sa sœur.

—Tu dois te corriger, jeune ami, poursuivit-il. Tu te retires dans ta chambre par humeur, pour nous fuir. De plus, je désapprouve ton goût pour la compagnie de mistress Peggoty, une domestique.

—Tu dois y renoncer, insista l'autre.

—Tu sais à quoi tu t'exposes si tu ne m'obéis pas, conclut-il, menaçant.

Ma mère approuva les paroles des Murdstone, mais simplement parce qu'ils lui inspiraient une peur bleue; et moi, je promis de m'amender.

Je tombai alors dans un état d'abrutissement qui dura jusqu'à la fin des vacances. Et quand Miss Murdstone s'écria un matin: "Et voilà le dernier jour!", je n'étais pas fâché de repartir au collège, où quelques bons compagnons m'attendaient.

Ma mère me fit des adieux tendres et sincères. Peggoty, comme d'habitude, m'aborda sur le chemin de

Yarmouth avec argent et friandises.

Dans les mois qui suivirent mon retour, il ne se passa rien à l'Institution de Salem. Steerforth grandissait dans mon estime et M. Creakle me traitait enfin comme les autres, c'est-à-dire avec une dureté supportable. Mais un matin de mars...

—David Copperfield, on vous attend au parloir, m'annonça M. Sharp, pendant le déjeuner.

Je me levai de table joyeusement, m'attendant à un panier de gâteaux apporté par Peggoty. Avant de quitter le réfectoire, je promis à mes compagnons une distribution générale de gâteaux.

Je descendis précipitamment au parloir; M. Creakle était attablé devant son déjeuner et son épouse tenait une lettre ouverte à la main.

—J'ai quelque chose à vous dire, Copperfield, me dit-elle d'un ton solennel. Tout être humain apprend tôt ou tard que le monde peut changer en un jour. Vous, vous êtes appelé à connaître très jeune cette épreuve.

Elle fit une pause et regarda à la dérobée le directeur, qui continuait à manger tranquillement. Puis elle poursuivit:

—Quand vous êtes parti de chez vous à la fin des vacances, votre mère était-elle malade?

Je fis signe que non, saisi d'un horrible pressentiment.

—A présent elle est malade, très malade. Votre petit frère aussi est en grand danger.

Un brouillard surgit entre mistress Creakle et moi,

puis je sentis des larmes brûlantes couler sur mon visage. "Ils sont morts", pensai-je.

—Je vois que vous me comprenez, Copperfield. Je suis désolée de vous apprendre que... ils ont tous deux abandonné ce monde pour toujours... conclut-elle.

Je poussai un cri de désespoir et me mis à pleurer comme un forcené. Je me sentais orphelin et seul au monde. Quand je repris mes esprits, j'étais couché dans un lit, mais je pleurais toujours. Je m'endormis et je vis ma maison fermée, réduite au silence, et l'arbre sous lequel ma mère et mon frère allaient reposer. Je m'éveillai et je pleurai, puis je m'endormis à nouveau... et il en fut ainsi tout le jour.

Le lendemain après-midi, je pris la diligence de nuit qui allait à Yarmouth. J'étais loin de penser que je ne reverrais jamais l'Institution de Salem. A Yarmouth, on prit mes mesures pour mes vêtements de deuil; après quoi je partis vers Blunderstone.

J'arrivai à la maison un peu avant la tombée de la nuit. Peggoty m'attendait et, quand je fus dans ses bras, elle pleura un peu mais se reprit bien vite. Depuis deux semaines elle ne se couchait plus: elle veillait "sa chère maîtresse".

En entrant dans le salon, je découvris M. Murdstone écroulé dans son fauteuil, pleurant en silence devant le feu. Il ne fit aucune attention à moi; Miss Murdstone, quant à elle, me réserva un accueil glacial, puis disparut.

Je passe sous silence la cérémonie de l'enterrement, pour ne pas raviver des souvenirs ô combien douloureux. Quand tout fut fini, Peggoty vint me retrouver un soir dans ma chambre pour me parler de ma mère.

—Il y avait longtemps qu'elle n'allait pas bien, commença Peggoty, assise à côté de moi sur mon petit lit. Quand son petit est né, je crus qu'elle allait se rétablir, mais je me trompais. Elle était si malheureuse, la chère petite! Elle était devenue plus craintive et le moindre reproche la bouleversait. Le jour où tu es parti, elle me dit: "Je ne reverrai jamais plus mon trésor, je le sens".

—Comment est-elle morte? lui demandai-je, très affligé.

—Doucement, comme on s'endort. La dernière nuit elle m'embrassa et me dit: "Si mon petit enfant meurt aussi, je désire qu'on nous enterre ensemble". Puis elle ajouta: "Dis bien à mon petit David que je l'ai béni mille fois, et que je souhaite qu'il nous accompagne à notre lieu de repos". Puis elle est morte comme un enfant qui s'endort.

Je fus très impressionné par le récit de Peggoty; et avant de m'endormir, je promis à ma mère, à voix haute, de toujours la porter dans mon cœur.

Quelques jours après l'enterrement, Miss Murdstone donna son congé à Peggoty avec un mois de préavis. La brave femme accueillit calmement cette mesure et ne répliqua point. Quant à moi, j'ignorais toujours l'avenir qui m'était réservé. Les Murdstone ne se prononçaient pas à cet égard, et j'entrepris d'interroger Miss Murdstone.

—Pardonnez-moi, Miss Murdstone. Retournerai-je bientôt au collège?

—Je pense que tu n'y retourneras pas, me répondit-elle rudement.

—Mais alors, qu'allez-vous faire de moi? demandai-je, déconcerté.

—Tu le sauras le moment venu.

Les jours passèrent et Peggoty, qui s'apprêtait à partir pour Yarmouth, proposa à Miss Murdstone de m'emmener avec elle quelques jours. Contre toute attente, miss Murdstone accepta. Nous n'avions plus qu'à faire nos adieux à ma mère et à mon petit frère; dans l'après-midi, nous nous rendîmes au cimetière où nous pleurâmes ensemble. Le lendemain matin, nous partîmes pour Yarmouth, dans la carriole de M. Barkis.

L'oncle Daniel, Cham et les autres nous accueillirent, Peggoty et moi, avec affection et donnèrent une poignée de main à notre voiturier habituel, M. Barkis, qui avait demandé Peggoty en mariage. La "maison-bateau" n'avait pas du tout changé; je la trouvai simplement un peu plus petite qu'autrefois. Mistress Gummidge me dit qu'Emilie rentrerait bientôt de l'école et je l'attendis impatiemment.

—Ah, c'est toi, dit Emilie, à peine surprise.

—J'ai l'impression de n'être jamais parti, répondis-je sur le même ton.

Nous jouâmes un long moment sur la plage et, tout en nous promenant, nous évoquâmes nos souvenirs communs. Je lui parlai de mon école, et de ma mère, et nous pleurâmes de concert.

Les jours passèrent très vite et je dus bientôt songer à rentrer à Blunderstone. Je serais bien resté définitivement chez M. Peggoty, mais...

Le mariage de Peggoty et de M. Barkis, auquel j'assistai avant mon départ, fut simple et agréable, à l'image de leur couple. Peggoty me dit en me quittant:

—Mon cher David, tant que je vivrai sous ce toit, tu y auras ta chambre, et tu seras toujours le bienvenu, tu peux me croire.

Elle parlait naturellement de son nouveau foyer.

Je regagnai "Les Corneilles", c'est-à-dire, ma propre maison. Je tombai alors dans un état de tristesse et d'abandon auquel je ne puis penser sans compassion, aujourd'hui encore. Les Murdstone m'ignoraient délibérément et se gardaient bien de me parler de mon avenir. J'errais donc dans la maison et dans le voisinage, oisif, livré à moi-même et à mes sombres pensées.

Un matin, un ami de mon beau-père, un certain M. Quinion, de Londres, arriva à la maison. Il déjeuna avec nous puis assista au sermon que me fit M. Murdstone.

—David, il n'est plus temps de paresser. Tu dois maintenant songer à te faire une situation. Les jeunes gens ne peuvent être improductifs de nos jours, car notre société exige que chacun contribue largement à l'effort commun. Tu dois absolument travailler, puisque seuls un travail, une discipline de fer et de bonnes mœurs ont raison des tempéraments comme le tien.

—Oui, c'est cela qu'il te faut, s'écria Miss Murdstone pour marquer son approbation.

—Je suppose que tu sais, David, que je ne suis pas riche, reprit-il. C'est pourquoi je me vois obligé d'interrompre ton éducation scolaire, considérable jusqu'à ce jour et trop coûteuse pour moi à présent. Même si je pouvais subvenir à cette dépense, je pense qu'il ne serait pas avantageux pour toi de rester dans une école. Je te le répète une fois encore: tu dois lutter pour l'existence dès maintenant.

Je ne répondis rien et cela dut le contrarier car il durcit très nettement le ton.

—Tu as entendu parler quelquefois du magasin de Murdstone et Grinby dans le commerce des vins? dit M. Murdstone.

—Oui, monsieur, mais je ne sais pas quand, dis-je en mentant pour ne pas être taxé d'ignorance.

—Très bien! dit-il en souriant sournoisement. M. Quinion, ici présent, dirige cette affaire.

Je jetai un regard déférent sur M. Quinion, mais il me tournait le dos.

—Il m'a proposé de t'engager et tu vas accepter. Tu gagneras ta nourriture et un peu d'argent de poche. C'est moi qui paierai ton logement (je m'en suis déjà occupé) et ton blanchissage.

—Quand dois-je partir, monsieur? osai-je demander.

—Tu partiras demain avec M. Quinion. Tu logeras chez un de mes amis, M. Micawber.

—Je suppose que tu feras honneur à tes engagements, dit ironiquement Miss Murdstone.

—Je m'y emploierai, répondis-je, avec vivacité.

Le lendemain, je tournai la page de mon enfance.

5

Le magasin de Murdstone et Grinby était situé au bord de la Tamise, près du pont de Blackfriars. Murdstone et Grinby faisaient des affaires avec beaucoup de gens différents, et approvisionnaient également en vins et en liqueurs des paquebots qui se rendaient aux Indes et aux Antilles.

On m'avait affecté au tri des bouteilles vides qui arrivaient au dépôt. Je devais mettre de côté les bouteilles fêlées et laver les autres; étiqueter les bouteilles pleines, les boucher puis les cacheter et, enfin, les mettre en caisses.

Mick Walter, un de mes compagnons, fut chargé de me montrer ce que j'aurais à faire. Dans les heures qui suivirent, j'étais passé maître dans l'art de manipuler les bouteilles.

A huit heures du soir, M. Micawber eut l'amabilité de venir me chercher pour me conduire chez lui. Il me fit bien noter le nom des rues afin que je pusse retrouver aisément ma route le lendemain matin.

Il me présenta à une femme maigre et négligée qui donnait le sein à un enfant: c'était Mme Micawber. La famille ne s'arrêtait pas là: ce petit enfant avait un frère jumeau; et il y avait aussi un garçonnet de quatre ans et une fillette de trois ans. Enfin, une orpheline élevée à l'Hôpital de Saint-Luc servait la famille.

Mme Micawber me montra ma chambre puis me parla de sa situation on ne peut plus dramatique. Son époux, jadis officier dans les Fusiliers Marins, avait embrassé, sans grand succès, la profession de voyageur de commerce. En un mot, il avait mis sa famille dans l'embarras. Ses créanciers l'assiégeaient et il risquait à tout moment la prison pour dettes. Ma compassion sembla consoler la malheureuse femme.

Les événements ne tardèrent pas à confirmer ses aveux.

—Montrez-vous, M. Micawber, hurla la nuit suivante un cordonnier, planté au beau milieu de la rue. Je sais bien que vous êtes là! Payez-moi, sinon, vous vous en repentirez toute votre vie!

Nombre de créanciers eurent vent de ce scandale, et le pauvre M. Micawber, tout à son désespoir, se mettait alors à crier et donnait des coups de poing sur la table pour se soulager. Pourtant, il recouvrait avec une rapidité surprenante son affabilité naturelle.

Je découvris bientôt que Mme Micawber avait l'humeur tout aussi souple. En effet, je l'ai vue se trouver mal à quatre heures parce qu'on était venu opérer une saisie, et, une heure plus tard, s'attabler devant un plat de côtelettes et une cruche de bière, le tout payé en mettant en gage deux cuillers à thé.

Comme je m'étais attaché à cette famille, ses ennuis pécuniaires ajoutèrent à mes tourments. J'eus même des scrupules à m'asseoir à leur table car ils n'étaient pas au mieux avec le boucher et le boulanger; j'imaginai les incessantes batailles de Mme Micawber avec les deux commerçants et j'en frissonnai.

Un jour, la courageuse femme m'avoua tristement:

—Monsieur Copperfield, je ne veux pas vous traiter en étranger, et c'est pourquoi je n'hésite pas à vous le dire: le garde-manger est vide, exception faite d'une croûte de fromage de Hollande.

—Mon Dieu! m'écriai-je, consterné.

Je m'empressai de lui offrir les trois shillings que j'avais en poche, mais Mme Micawber m'embrassa et n'en voulut point.

—Non, mon cher Copperfield, loin de moi cette pensée! Mais vous pouvez me rendre un service très délicat, si vous le voulez bien. Vous êtes d'une grande discrétion et je crois que je peux vous demander...

—Je suis à votre disposition, madame, lui répondis-je fort ému.

—Merci, mon bon ami. Voilà, j'ai mis moi-même en gage presque toute notre argenterie, mais il nous reste encore quelques petites choses. Puis-je vous prier...?

Je compris sur-le-champ qu'il s'agissait de vendre ces objets pour elle. Je fis plusieurs expéditions de cette nature qui les tirèrent momentanément d'affaire. Enfin, la crise arriva: M. Micawber fut arrêté un matin de bonne heure et emmené à la prison de King's Bench pour une durée indéterminée.

Je lui rendis visite à la prison le dimanche suivant.

Au début de notre entretien, sa mine était sereine, mais il fondit bientôt en larmes:

—Mon jeune ami, n'oubliez jamais mon conseil: si d'un revenu annuel de vingt livres vous dépensez dix-neuf livres, dix-neuf shillings et six pence, vous serez heureux. Mais si vous dépensez tout, vous serez un pauvre diable, comme moi.

J'acquiesçai, compatissant. Là-dessus, il m'emprunta un shilling pour acheter de la bière, et me signa un billet à ordre de un shilling pour Mme Micawber. Puis il essuya ses larmes et reprit son entrain.

Mme Micawber s'évanouit quand elle me vit rentrer avec des nouvelles de son mari; mais elle retrouva vite ses esprits et prépara, un peu plus tard, un petit bol de lait de poule qui nous consola.

Quelques jours plus tard, elle vendit les derniers meubles et alla habiter la prison avec son mari. On loua pour moi une petite chambre dans le voisinage de la prison, et je pus ainsi continuer à les voir souvent. Pour finir, M. Micawber demanda à être relâché en vertu de la loi sur les Débiteurs Insolvables.

—Si l'on ordonne mon élargissement, j'essayerai de refaire ma vie, promit-il. Qui sait! Si une bonne occasion se présente...

Pour mettre toutes les chances de son côté, il adressa une pétition à la Chambre des Communes pour solliciter un changement à la loi sur l'emprisonnement pour dettes. Bien sûr, il n'obtint pas gain de cause; néanmoins il se félicita de cette initiative.

En attendant, je faisais tous les jours le même travail ennuyeux et vulgaire, mais je faisais mon ouvrage. M. Quinion n'eut jamais l'occasion de me réprimander; d'ailleurs, il ne s'en souciait guère.

M. Micawber sortit de prison quelques semaines plus tard et jugea raisonnable de quitter Londres.

—Avec quelques recommandations, mon mari pourrait exercer ses talents dans les Douanes à Plymouth, me dit Mme Micawber, confiante.

Les deux époux m'invitèrent à déjeuner pour fêter leur départ. Le repas fut animé, mais nous étions tous émus à l'idée de nous séparer. M. Micawber prit la parole:

—Mon jeune ami, si mon expérience malheureuse peut vous servir de leçon, je n'aurai pas vécu inutilement. Dès que ma situation me le permettra, je vous rendrai vos bienfaits. Vous savez où nous trouver.

—Combien vous allez me manquer, mon cher ami! se lamenta sa femme, sincèrement attristée.

Alors que la diligence partait, je crus voir dans les yeux de Mme Micawber une lueur de compréhension, comme si elle avait soudain réalisé que je n'étais qu'un enfant abandonné et rien d'autre. L'étreinte maternelle de son dernier adieu confirma cette impression, et je ne pus retenir mes larmes.

Quand le dernier mouchoir eut disparu, je me sentis vraiment seul et sans amis désormais. Les Murdstone m'avaient condamné à mener une existence grise et avilissante. J'avais rarement eu de leurs nouvelles; ils ne m'avaient envoyé que deux colis de vêtements neufs ou raccommodés où ils avaient glissé un bout de papier qui disait toujours: "M. Murdstone espère que David Copperfield s'applique dans son travail et fait bien son devoir".

Pour échapper à leur odieuse tutelle, je décidai d'abandonner Londres et d'aller chez ma tante Betsy, la seule parente que j'eusse au monde. Souvenez-vous, je vous ai parlé d'elle au début de ce livre. J'étais convaincu qu'elle ne me refuserait pas sa protection. J'écrivis alors une lettre à Peggoty en lui demandant l'adresse de ma tante et un peu d'argent.

Je reçus bientôt sa réponse, avec l'adresse demandée, une demi-guinée et l'assurance de son tendre dévouement.

Je quittai mon travail un samedi et je courus chez mon nouveau logeur, M. Tipp, chercher ma valise. Puis je me dirigeai vers le bureau de la diligence en partance pour Douvres, où habitait ma tante. Je cherchai des yeux quelqu'un qui pût m'aider à porter ma lourde malle. Près de l'obélisque de la rue de Blackfriars, se tenait un jeune homme avec une petite charrette vide et un âne décharné. Il accepta, pour quelques pence, de porter ma malle au bureau de la diligence. Mais il partit au triple galop en emportant ma malle, et j'eus bien du mal à le rejoindre devant la prison de King's Bench. Comme j'étais essoufflé et agité, je fis tomber de ma poche ma demi-guinée en y prenant le papier avec l'adresse. A l'instant où je me baissais pour la ramasser, le jeune homme me l'arracha des mains et m'envoya rouler brutalement sur le sol. Puis il s'écria:

—Voleur! Viens à la police!

Indigné, je le conjurai de me rendre mon argent et ma malle, mais il sauta dans la charrette et s'éloigna à vive allure, non sans crier encore:

—Je vais à la police! Je vais à la police!

Je courus derrière lui aussi vite que je pus mais mes forces m'abandonnèrent. Je m'effondrai bientôt, essoufflé et épuisé, à côté d'un tas d'immondices; j'aperçus au loin mon voleur, hors de la ville, près de la route de Douvres. Quand j'eus repris haleine, je me mis en route vers mon but lointain, en pleurant comme une Madeleine. Je crus que je n'arriverais jamais chez ma tante, mais l'idée de revenir sur mes pas ne m'effleura pas.

Je marchai avec une ardeur nouvelle mais la fatigue m'obligea à m'arrêter. Au bout d'une heure, je repris ma route. En passant devant la petite boutique d'un fripier, il me vint une idée. Peu après, je ressortais de la boutique avec neuf pence de plus, et mon gilet en moins.

La nuit d'été était tombée, mais il faisait si beau que je pus marcher jusqu'au petit matin. Enfin, je m'étendis contre un mur pour dormir quelques heures et retrouver mes forces.

Ce dimanche-là, je parcourus vaillamment vingt-trois milles. A la tombée de la nuit, je me traînai comme une ombre dans les rues de Chatham, les pieds meurtris. Je mangeai un bout de pain et dormis sous un pont car je n'osais pas dépenser les quelques pence que j'avais.

Le lendemain, le produit de la vente de ma veste me

permit de calmer ma faim et ma soif, et il me resta même quelques pièces. J'aperçus des vergers magnifiques et des plantations de houblon; la beauté du paysage et l'image toujours présente de ma mère m'aidèrent à poursuivre ma route. Par bonheur, je ne fis pas de mauvaises rencontres.

Enfin, j'atteignis les dunes solitaires de Douvres. Il ne me fallut pas moins d'une journée de recherches pour trouver la maison de ma tante. C'était une très jolie maison située près des falaises. Ses belles fenêtres en saillie donnaient sur un jardin très soigné et débordant de fleurs odorantes. Une allée de sable fin reliait la grille du jardin à la maison.

Incapable d'entrer pour me présenter, j'attendis une occasion propice. Je vis bientôt sortir résolument de la maison une dame qui portait un foulard noué pardessus son bonnet, un sac de jardinier, et un petit sécateur. Ma mère m'avait souvent décrit ma tante, et je la reconnus immédiatement.

—Allez-vous-en, petit vaurien! Je n'aime pas les petits curieux, dit Miss Betsy.

Elle s'éloigna dignement vers un coin de son jardin et se baissa pour arracher des mauvaises herbes. "C'est le moment", pensai-je, et, réunissant tout mon courage, je m'écriai:

—S'il vous plaît, ma tante!

Elle tressaillit, se redressa et me regarda, stupéfaite.

—Hein? Pardon? articula-t-elle péniblement.

—Je suis votre neveu.

—Oh! Mon Dieu! s'écria-t-elle; et elle s'assit par

terre dans l'allée.

—Je suis David Copperfield, de Blunderstone, où vous êtes venue la nuit de ma naissance, voir ma chère mère. Je suis très malheureux depuis qu'elle est morte. On m'a abandonné à moi-même, on m'a négligé, on ne m'a rien appris, et on m'a attelé à un travail pour lequel je ne suis pas fait. Je me suis sauvé et j'ai fait tout le chemin à pied parce qu'on m'a volé mon argent et mes affaires; vous voyez dans quel état je suis...

Je parlai d'une traite pour tenter d'exprimer tout ce que j'avais souffert, puis, brusquement, je me mis à pleurer.

Ma tante, qui m'avait écouté jusque-là d'un air a-huri, se leva, me prit par le collet et m'emmena dans le salon. Elle m'étendit sur un sofa et me fit prendre un cordial, mais je ne pouvais étouffer mes sanglots, retenus depuis trop longtemps. Bouleversée, ma tante alla s'asseoir près de la fenêtre, et je l'entendis lancer par intervalles de pathétiques "Miséricorde, Seigneur!". Puis elle sonna, et sa servante entra dans le salon.

—Jeannette, dit ma tante, montez prier M. Dick de descendre; je voudrais lui parler.

Jeannette parut fort surprise de me voir étendu sur le sofa, mais elle s'empressa d'obéir. Ma tante, les mains derrière le dos, se mit à arpenter le salon jusqu'au moment où un homme, d'aspect agréable et au teint vermeil, entra en fermant un œil d'un air grotesque et en faisant des grimaces. Malgré son attitude infantile, ses cheveux étaient gris.

—M. Dick, ne faites pas la bête car nous savons tous que personne ne peut être plus sensé que vous quand cela vous convient.

Le monsieur prit immédiatement un air grave et m'adressa un regard complice.

—Vous m'avez souvent entendue parler de David Copperfield, n'est-ce-pas? affirma ma tante, en s'adressant à lui.

—David Copperfield? Oh! oui, bien sûr, répondit M. Dick d'une voix chaude et bien timbrée.

—Eh bien, vous avez devant vous le fils de David, reprit ma tante.

—Le fils de David? Vraiment! Dieu que le monde est petit!

—C'est tout ce que vous trouvez à dire? dit-elle impatiemment. Puis, changeant de ton, elle ajouta: il est venu de Londres à pied! Que dites-vous de cela?

—Mes compliments! admit M. Dick; votre neveu a bien du caractère.

—En effet. Et maintenant, dites-moi donc: que faut-il que j'en fasse?

—Eh bien, si j'étais vous... je le laverais.

—Jeannette! dit ma tante triomphalement, faites chauffer un bain!

Ma fatigue ne me permettait pas de suivre attentivement ce dialogue, mais j'en retirai cependant une bonne impression. Le bain me fit grand bien, et ma lassitude devint délicieuse. Jeannette et ma tante me revêtirent d'une chemise et d'un pantalon de M. Dick et m'enveloppèrent dans deux ou trois grands châles.

Emmailloté sur le sofa, je bus une énorme tasse de bouillon, car ma tante craignait sans doute que je ne meure d'inanition. Puis je m'endormis d'épuisement.

A l'heure du dîner, je me réveillai pour avaler avec appétit un succulent poulet rôti et un pudding. Puis ma tante m'offrit un verre de Xérès.

—C'est délicieux! m'écriai-je, en achevant mon verre.

M. Dick descendit de sa chambre quelques minutes plus tard. Il avait dîné seul et voulait connaître mon histoire par le menu. Ma tante m'aida par ses questions, mais sa détresse fut immense à certains passages de mon récit. Son hôte, quoique fort intéressé, se serait endormi si ma tante ne l'avait pas surveillé étroitement.

—Je voulais une nièce et je l'avais expressément dit à sa mère, précisa ma tante. Mais, hélas, David est né un vendredi. Je fus terriblement déçue; et comme vous le voyez, M. Dick, il est là maintenant.

—C'est vrai; il est là, reprit-il, en bâillant discrètement.

—Si vous étiez à ma place, qu'en feriez-vous?

M. Dick réfléchit, me regarda attentivement et déclara:

—Je le mettrais au lit. Il tombe de sommeil.

—Excellente idée, M. Dick! Jeannette, nous allons coucher ce garçon, conclut ma tante.

6

En descendant le lendemain matin dans la salle à manger, je trouvai ma tante plongée dans une profonde méditation, les coudes appuyés sur la table. Je devinai que j'étais l'objet de ses pensées mais je n'osai pas l'interroger.

—Je viens d'écrire à ton beau-père, me dit-elle soudain.

—Allez-vous me... livrer à lui? demandai-je très inquiet.

—Je ne sais pas. Nous verrons.

—S'il vous plaît, n'en faites rien! suppliai-je en lui prenant les mains. Je ne sais pas ce que je ferais si je devais retourner chez M. Murdstone.

—Je te répète que je n'en sais rien encore, répliqua-t-elle, gênée.

J'étais si désespéré que ma tante jugea bon de changer de sujet.

—Monte dans la chambre de M. Dick, présente-lui mes civilités et dis-lui que je serais contente de savoir où il en est dans ses Mémoires. Ah! ne t'inquiète pas trop! acheva-t-elle d'un ton rassurant.

Je me levai avec empressement pour m'acquitter de

cette commission, et M. Dick promit de lui en parler personnellement. Sa chambre était remplie d'objets divers posés un peu partout; sur une table ensevelie sous des liasses de manuscrits, j'aperçus un grand cerf-volant.

—Comment le trouves-tu? C'est moi qui l'ai fait, ajouta-t-il pour satisfaire ma curiosité. Il a six pieds de haut.

—Il est superbe! m'écriai-je, admiratif.

—Nous irons le faire voler, tous les deux, déclara-t-il d'un air satisfait.

—Que sont toutes ces inscriptions? demandai-je en découvrant que le cerf-volant était couvert de lignes serrées.

—Ce sont des nouvelles de l'Angleterre pour nos antipodes, des références historiques, des messages codés... un peu de tout, murmura-t-il, faussement détaché.

En effet, en parcourant ces lignes serrées et mystérieuses, je trouvai une allusion à la décapitation de Charles Ier.

—Vous croyez vraiment qu'il ira si loin? demandai-je en me souvenant de "nos antipodes".

—Cela dépend des conditions atmosphériques. Avec un bon vent et des circonstances favorables, il a ses chances.

Il parlait toujours d'un ton égal, mais je crus comprendre qu'il plaisantait et je me mis à rire joyeusement. Il rit à son tour et me susurra dans le creux de l'oreille:

—Je vais te dire une chose: ce monde est fou, fou à lier. Tous les fous ne sont pas enfermés.

J'acquiesçai en éclatant de rire puis je me retirai. Nous étions devenus de grands amis. Ma tante m'interrogea sur son travail et je lui répondis:

—Il avance sérieusement. De toute façon, il vous en parlera en détail cet après-midi.

—Que penses-tu de lui? dit ma tante.

—A-t-il vraiment toute sa tête? demandai-je à mon tour.

—Mais naturellement! Comme je le lui faisais remarquer hier en ta présence, c'est l'homme le plus sage qui soit, quand il le veut bien.

—Vous avez raison, ma tante.

—C'est parce qu'on l'a prétendu fou que j'ai le privilège de jouir de sa compagnie et de ses conseils, depuis plus de dix ans, poursuivit-elle. Depuis le jour où ta sœur, Betsy Trotwood, m'a fait faux bond.

—Racontez-moi ce qui s'est passé! dis-je.

—Voilà, M. Dick est un parent éloigné. Son frère voulait le faire enfermer et je lui ai dit. "Faites-lui une petite pension et qu'il vienne vivre chez moi". Après pas mal de discussions, Richard s'est définitivement installé ici. C'est l'être le plus aimable et le plus doux qui soit; et pour ce qui est des conseils!...

La réponse de M. Murdstone finit par arriver et ma tante me mit au désespoir en m'apprenant qu'il allait venir en personne, le lendemain, pour lui parler.

Dévoré par l'anxiété et l'incertitude, je ne dormis pas cette nuit-là. Je pressentais que je pouvais faire confiance à Miss Betsy, mais cela ne me rassurait qu'à moitié.

A l'heure du dîner, planté devant la fenêtre du salon, je vis avec consternation les Murdstone traverser le jardin et se diriger vers la maison.

—Dois-je m'en aller, ma tante? demandai-je en tremblant.

—Certes non! répondit-elle avec fermeté.

Je m'en fus dans un coin, à l'abri derrière une chaise. C'est de là que je vis entrer les redoutables visiteurs.

—Vous êtes bien le M. Murdstone qui a épousé la veuve de mon défunt neveu, David Copperfield? demanda ma tante.

—Oui, c'est moi, répondit son interlocuteur.

—Vous me permettrez de vous dire, monsieur, que vous auriez mieux fait de laisser cette pauvre enfant tranquille, lança vertement la maîtresse de maison.

—C'est aussi mon avis, intervint Miss Murdstone. Cette union ne fut pas une réussite.

—J'ai plaisir à vous l'entendre dire, concéda ma tante. Et après avoir sonné Jeannette, elle lui donna un ordre à voix basse.

La servante disparut et M. Murdstone reprit la parole.

—Miss Trotwood, en recevant votre lettre, j'ai regardé comme un devoir pour moi et comme une marque de respect pour vous...

—Laissons là les préambules, voulez-vous, coupa acidement ma tante, et rentrons dans le vif du sujet.

—Fort bien. Ce malheureux enfant, qui a abandonné ses protecteurs et son travail, a été la cause de bien des difficultés dans notre foyer, et tout particulièrement du vivant de ma chère femme. Sa mort, d'ailleurs, n'est sans doute pas étrangère à...

—Vous allez trop loin, M. Murdstone! fit remarquer sèchement ma tante.

—Détrompez-vous, dit-il. David a un caractère sombre et rebelle. Nous avons essayé, ma sœur et moi, de le corriger, mais en vain.

—Je ne crains pas d'affirmer que, de tous les petits garçons du monde, David est bien le pire, intervint Miss Murdstone.

—Il suffit! rétorqua ma tante avec un signe de tête. Qu'allez-vous faire de cet enfant? ajouta-t-elle en s'adressant à mon beau-père.

—Ce que bon me semblera.

—Expliquez-vous, je vous prie dit ma tante, pressante.

—Vos manières ne sont guère conciliantes, Miss Trotwood, observa M. Murdstone, blessé. Je suis ici pour emmener David sans conditions. Si vous avez l'intention d'écouter ses plaintes et de vous interposer entre lui et moi aujourd'hui, je vous avertis que vous vous engagez alors à le garder définitivement.

—Ce ne serait pas une mauvaise solution, remarqua ma tante, en le fixant durement. Et vous, Mademoiselle, avez-vous quelque chose à ajouter? ajouta-t-elle en posant son regard sur elle.

—Non, je n'ai rien à ajouter; mon frère a magistralement exposé les faits.

—Et toi, David, es-tu disposé à partir?

—Non! Non! Plutôt mourir! m'écriai-je, désespéré. Ils n'ont jamais été bons avec moi, ils ne m'ont jamais aimé!

Et je lui révélai résolument combien ils m'avaient fait souffrir tous les deux.

—Ils ont rendu ma mère si malheureuse à cause de moi, qu'elle est peut-être morte de tristesse. Peggoty pourra vous le dire. Je vous en supplie ma tante, pour l'amour de mon père, protégez-moi.

—M. Dick, dit ma tante à son oracle qui venait d'entrer dans le salon. Que faut-il que je fasse de cet enfant?

M. Dick réfléchit comme à l'habitude, puis il dit:

—Faites prendre ses mesures pour un costume.

—M. Dick, dit ma tante triomphalement, serrez-moi la main; votre bon sens est considérable.

Puis elle dit à M. Murdstone:

—Vous pouvez disposer. Je garde cet enfant avec moi. S'il est vraiment aussi odieux que vous le dites, je saurai le punir. Mais sachez que je n'en crois pas un mot!

—M. Murdstone pâlit et fronça ses noirs sourcils.

—Soit. Il est à vous! s'écria-t-il enfin.

—Vous vous en repentirez un jour! vaticina sa sœur.

—Au revoir, Monsieur, et au revoir, Mademoiselle! Adieu, j'espère ne jamais vous revoir! dit-elle avec emportement.

Dès que les Murdstone furent sortis dédaigneusement de la maison, le visage de ma tante se radoucit.

Elle se mit à sourire et je lui mis sans hésiter davantage les bras autour du cou pour l'embrasser et pour la remercier. Puis j'échangeai plusieurs poignées de main avec M. Dick.

—M. Dick, acceptez-vous d'être tuteur de cet enfant conjointement avec moi? lui proposa ma tante, d'un air radieux.

—Volontiers, je suis enchanté.

—Fort bien! J'ai pensé que nous pourrions l'appeler Trotwood, dit-elle.

—David Trotwood Copperfield... ce n'est pas mal dis-je.

—Ce n'est pas mal du tout! confirma M. Dick.

C'est ainsi que je commençai ma nouvelle existence avec un nom nouveau, un trousseau nouveau; je renaissais au bonheur.

7

M. Dick et moi, nous fûmes bientôt les meilleurs amis du monde et, quand il avait achevé sa besogne quotidienne, nous sortions très souvent ensemble pour faire voler son grand cerf-volant. Quant à ma tante, son affection pour moi grandissait jour après jour.

—Trot, me dit-elle un soir, il est temps que tu reprennes ta vie de collégien, n'est-ce-pas?

—Oh oui, ma tante, répondis-je, ravi.

—J'espère que tu te plairas dans un collège de Cantorbéry, tout près d'ici.

J'acquiesçai joyeusement car je tenais toujours à devenir un homme cultivé.

—Bien, dit ma tante, tu pars demain matin. Jeannette, ordonna-t-elle, vous demanderez le cabriolet et le poney pour demain à dix heures, et vous emballerez ce soir les effets de mon neveu.

J'étais fou de joie, mais M. Dick parut bouleversé.

—Trot viendra parfois nous voir le samedi, et vous, M. Dick, vous pourrez quelquefois aller le voir le mercredi, ajouta ma tante fort à propos.

A ces mots, il retrouva sa gaîté et promit de fabriquer un cerf-volant beaucoup plus grand que l'ancien.

Nous nous quittâmes affectueusement et M. Dick resta dans le jardin à nous regarder jusqu'à ce que notre voiture eût disparu.

—Est-ce une grande école, tante? demandai-je.

Ma tante, parfaitement indifférente à l'opinion publique, conduisait le poney à travers les rues de Douvres; elle se retourna pour me répondre:

—Oh oui, elle est grande. Mais nous allons d'abord chez M. Wickfield que je désire consulter pour ton logement.

—Est-ce le directeur de l'école?

—Non, mon petit Trot. C'est un avocat.

Je n'insistai pas, voyant qu'elle ne tenait pas à m'en dire davantage. Nous parlâmes de choses et d'autres jusqu'à Cantorbéry et nous nous rendîmes directement au cabinet de M. Wickfield.

—Je ne suis pas venue pour des affaires de justice, annonça ma tante, après les politesses d'usage.

—Tant mieux, mademoiselle, répliqua l'avocat; mieux vaut venir pour autre chose.

—Voici mon neveu.

—Je ne savais pas que vous aviez un neveu, mademoiselle Trotwood.

—Je l'ai adopté et je vais aujourd'hui même le conduire dans le meilleur collège de la ville. Pourriez-vous me recommander une maison convenable où il pourrait prendre pension?

—La chose est difficile, mademoiselle. Cantorbéry est la ville la plus pauvre qui soit en chambres d'étudiants.

—C'est fâcheux! se lamenta ma tante.

—Je peux vous proposer un arrangement, dit-il, en me considérant amicalement. Votre neveu est un garçon tranquille. Laissez-le ici pour le moment. La maison est parfaite pour les études; elle est silencieuse comme un couvent, et presque aussi spacieuse. Il ne nous dérangera pas du tout.

—Je vous en suis très reconnaissante, dit ma tante, et lui aussi, je le vois bien, répondit-elle après un moment d'hésitation. J'accepte... à condition que vous me laissiez payer sa pension.

—Soit. Vous pouvez me payer si vous le désirez. Et maintenant, allons voir ma petite intendante. Si vous voulez bien me suivre.

La petite intendante de M. Wickfield était tout simplement sa fille Agnès. Elle écouta attentivement ce que son père lui dit de moi et, pour toute réponse, elle nous proposa de voir ma chambre. Elle nous plut infiniment.

—Trot, me dit ma tante au moment des adieux, tâche de me faire honneur.

—Je n'y manquerai pas, tante, répondis-je, ému par ce témoignage d'affection.

—Ne sois jamais vil, ne mens jamais, ne sois pas cruel, car tu me décevrais, ajouta-t-elle.

Je la remerciai avec des larmes dans la voix, et je lui promis de faire de mon mieux. Alors, elle m'embrassa en hâte et sortit précipitamment en refermant la porte derrière elle. Je compris alors combien elle était émue. Elle m'aimait, elle m'aimait vraiment!

L'après-midi même, M. Wickfield m'accompagna à mon nouveau collège. Il ne s'agissait que de me présenter à mon nouveau maître, M. Strong, puisque les cours finissaient à cinq heures. Le docteur Strong m'emmena à la salle d'étude où vingt-cinq enfants se levèrent silencieusement à notre arrivée.

—Voici un nouvel élève, messieurs, leur annonça le docteur. Trotwood Copperfield, précisa-t-il, en posant la main sur mon épaule.

Adams, le premier de la classe, quitta sa place pour me souhaiter la bienvenue. Il avait l'air d'un jeune pasteur avec sa cravate blanche. Il m'indiqua ma place et me présenta cordialement aux autres professeurs. Tout le monde me traita avec une grande gentillesse et je reconnus que cet établissement n'avait rien à voir avec l'Institution de Salem, de si triste mémoire.

Un peu plus tard, je rentrai chez les Wickfield, le cœur plus léger. Agnès et son père écoutèrent avec intérêt l'éloge que je fis de ce collège et ils affirmèrent que j'y ferais d'excellentes études.

Après le dîner, nous nous installâmes au salon. Agnès fit une partie de domino avec son père et se mit au piano; ensuite, après avoir servi le thé, elle feuilleta longuement mes livres d'école.

—Vous sentez-vous à l'aise ici, mon jeune ami? me demanda aimablement M. Wickfield.

—Oui, monsieur, répondis-je timidement.

—J'en suis heureux. Vous pouvez venir me voir dans mon bureau quand vous le désirez, me dit-il gentiment.

—Merci, monsieur, je m'en souviendrai, dis-je d'une

voix plus assurée.

Au bout de quinze jours, je me sentais à mon aise au collège et chez les Wickfield. J'avais fait la connaissance d'un employé de l'avocat, appelé Uriah. C'était un jeune homme qui passait tout son temps libre sur des livres de droit. Il pensait que son humble origine ne lui permettrait jamais d'être avocat.

—Allons, Uriah. Vous savez très bien que le talent et la créativité ne sont pas l'apanage des riches, lui dis-je, pour l'encourager.

—C'est vrai. Mais les occasions de les exercer, elles, le sont, répondit-il en me regardant tristement.

La pédagogie pratiquée par le docteur Strong était aussi différente de celle de M. Creakle que le bien est différent du mal. Le collège du docteur Strong dispensait un enseignement à la fois pratique et théorique, qui faisait appel à l'honneur et à la bonne foi des élèves.

Ma tante vint souvent me voir et fut ravie des appréciations de mes professeurs, qui, à moi, me semblaient toujours trop élogieuses. M. Dick venait me voir tous les mercredi; il arrivait à midi pour ne repartir que le lendemain matin.

Peggoty, à qui j'écrivais régulièrement, se réjouit fort de ma nouvelle existence. Je fus bien triste d'apprendre, dans une de ses lettres, que les Murdstone avaient vendu aux enchères les meubles de notre vieille maison. Ses post-scriptum recueillaient toujours les salutations de son mari, de M. Peggoty, de Cham, de mistress Gummidge et d'Emilie.

Un jour où je prenais le thé chez Uriah, je vis passer devant la porte, ouverte ainsi que les fenêtres à cause de la chaleur, M. Micawber en personne. Il m'aperçut aussi car il s'arrêta tout net, revint sur ses pas, et jeta un coup d'œil à l'intérieur pour s'assurer qu'il s'agissait bien de moi.

—Copperfield! Est-ce possible? s'écria-t-il.

C'était bien lui, avec son lorgnon, sa canne, son immense faux col, son air distingué et son ton amical et condescendant.

Après l'avoir salué sans grand enthousiasme, je fus bien forcé de faire les présentations, mais je me sentis très mal à l'aise. J'aurais préféré qu'il me trouvât dans une autre compagnie. Après ces présentations forcées, M. Micawber accepta une tasse de thé et se mit à bavarder comme une pie avec Uriah et sa mère.

—Alors, Copperfield, toujours dans le commerce des vins? me demanda-t-il enfin.

—Non, répondis-je, quelque peu gêné. Je suis élève dans le collège de M. Strong.

—Elève! Mes compliments! fit-il sans bien comprendre.

Désireux de l'éloigner au plus vite, je lui dis:

—J'aimerais présenter mes respects à Mme Micawber.

—Nous y allons de ce pas si vous le voulez, répondit-il.

Nous prîmes rapidement congé des Heep et M. Micawber m'emmena dans une méchante auberge, où ils étaient descendus. Mme Micawber fut agréablement surprise de me voir et ne tarda pas à me raconter ses derniers malheurs. La place dans les Douanes avait été attribuée à quelqu'un d'autre; son époux avait essayé d'appliquer ses remarquables facultés dans le commerce du charbon, mais sans succès. Par la suite, ils étaient tombés dans l'indigence.

—J'attends, depuis plusieurs jours, un versement en provenance de Londres pour régler notre note d'hôtel. S'il n'arrive pas, j'en finirai une bonne fois pour toutes. Sans amis, la vie n'est rien, déclara gravement M. Micawber.

La dernière phrase, prononcée avec emphase, m'inquiéta, mais, par prudence, je gardai le silence. Ils s'embrassèrent alors tendrement et Mme Micawber supplia son époux de n'en rien faire; j'ignorais de quoi il s'agissait. Ils se ressaisirent et commandèrent au garçon de l'auberge un pâté de rognon chaud et une assiettée de grosses crevettes pour le petit déjeuner du lendemain.

Les Micawber m'invitèrent de façon si pressante à déjeuner le samedi suivant, que je ne pus refuser. M. Micawber, à nouveau optimiste, m'assura qu'il s'attendait à recevoir le versement ce jour-là.

Je dois avouer que le déjeuner fut très animé. Nous mangeâmes un plat de poisson, un rôti de veau, des saucisses grillées, des perdrix et une tarte, le tout arrosé de bière et de bon vin. Après le repas, Mme Micawber tint à nous servir un délicieux punch chaud. Comme vous le voyez, ce menu ne reflétait en rien la ruine de la famille.

Cependant, je reçus le lendemain une lettre désespérée de M. Micawber:

"Mon cher jeune ami,

Le sort en est jeté. Hier, cachant mon inquiétude sous le masque de la joie, je ne vous ai pas révélé que l'argent tant attendu n'est pas arrivé et n'arrivera jamais. Mon dernier espoir s'est évanoui. Pour régler les frais de l'auberge, j'ai fait un billet à quinze jours de date, payable à mon domicile de Pentonville, Londres. Quand il arrivera à échéance, il ne sera pas honoré. Ce sera ma ruine, totale et absolue.

C'est la dernière lettre que vous recevrez, ami Copperfield, du misérable proscrit que je suis

Wilkins Micawber"

J'étais si bouleversé que, avant de me rendre à l'école, je courus aussitôt à l'auberge pour essayer de consoler les Micawber. Mais à mi-chemin, je rencontrai la diligence de Londres; les Micawber étaient sur l'impériale, tranquilles et souriants.

Heureusement ils ne me virent pas et, jugeant préférable de ne pas attirer leur attention, je pris une rue de traverse pour aller à l'école. J'étais délivré d'un grand poids et soulagé de les voir partir... et pourtant je les aimais toujours beaucoup.

8

Je ne sais pas exactement si j'étais heureux ou triste de voir arriver, avec la fin de mes études, le moment de quitter l'école du docteur Strong. J'y avais été heureux, j'estimais mes professeurs et mes compagnons, et j'en étais estimé.

Depuis un an au moins, ma tante me posait souvent la même question:

—Trot, que veux-tu être plus tard?

—Je n'en sais rien, ma tante, répondais-je invariablement, malgré les nombreux entretiens que nous avions à ce sujet.

En effet, à mesure que le temps passait, mes incertitudes croissaient. C'est pourquoi, après mon départ de l'école, ma tante me fit une sage proposition:

—Si tu faisais un petit voyage, cela pourrait t'aider à réfléchir un peu. Vas voir cette femme, cette...

—Peggoty? lui dis-je.

—C'est cela, Peggoty. Tu peux passer quelques jours à Londres également. Amuse-toi, sois prudent et écris-moi trois fois par semaine.

Au moment de partir, elle me remit une bourse bien garnie et, pour une fois, je ne pleurai point.

J'allai d'abord à Cantorbéry rendre visite aux Wickfield et au docteur Strong. Agnès fut très contente de me voir, mais l'état de santé de son père lui inspirait bien des inquiétudes. Il avait les yeux hagards, ses mains tremblaient et son langage était hésitant. De plus, il avait beaucoup de mal à faire correctement son travail. Je l'avais surpris moi-même une fois pleurant comme un enfant et j'en fis part à Agnès.

L'entrée de M. Wickfield dans le salon interrompit notre conversation. Son visage était émacié et il avait l'air extrêmement las. Nous bavardâmes ensemble puis je pris congé en leur manifestant ma sympathie et mon affection. Agnès m'accompagna jusqu'à la porte et je lui dis:

—Ne t'inquiète pas. C'est peut-être une crise passagère. Sois aux petits soins avec lui et tu verras comme il ira mieux.

—Je suivrai tes conseils, David, répondit-elle.

—Au revoir.

—Adieu, bon voyage et surtout amuse-toi bien.

Je lui serrai la main avec chaleur et m'en allai. J'étais triste de quitter tant d'amis et je fus sur le point de pleurer.

J'arrivai sans encombre à Londres et je descendis dans un vieil hôtel de Charing Cross, confortable et bien tenu, appelé "La Croix d'Or". Puis je résolus d'aller au théâtre Covent Garden pour assister à une représentation de "Jules César", suivie de la nouvelle Pantomime. De retour à l'hôtel, je restai assis un moment devant le feu. Soudain, je reconnus un ami d'enfance.

—Steerforth! m'écriai-je.

Le jeune homme hésitait à me reconnaître, et moi, je me précipitai vers lui.

—Tu ne te souviens pas de moi, je le crains.

—Mon Dieu! C'est le petit Copperfield! s'écria-t-il enfin. Comment vas-tu?

—Mieux que jamais. J'ai été adopté par ma tante qui vit à Douvres et je viens de terminer mes études dans un collège merveilleux, répliquai-je d'un trait. Et toi, que deviens-tu?

—Oh moi, j'ai le vent en poupe, affirma-t-il avec suffisance. Je suis en Lettres à Oxford et aujourd'hui je suis venu voir ma mère. Il n'y a pas vingt-quatre heures que je suis à Londres et j'ai déjà passé cinq heures à dormir au théâtre.

—Je suis allé au théâtre ce soir, à Covent Garden. C'était un spectacle magnifique!

—"Jules César"? C'est infect! dit Steerforth avec une grimace dédaigneuse.

Nous passâmes plusieurs jours ensemble à Londres et nous nous amusâmes beaucoup. Ensuite, il se décida à m'accompagner à Yarmouth.

—Je t'abandonne pendant deux heures, j'ai à faire; je te rejoins ensuite, me dit Steerforth, sachant que je voulais être d'abord seul avec Peggoty.

—Parfait, dis-je, touché par cette preuve de tact.

Peggoty m'ouvrit aimablement la porte mais ne me reconnut pas. Notre dernière rencontre remontait à sept ans environ.

—M. Barkis est-il là? demandai-je, d'un ton bourru.

—Oui, monsieur, mais il est au lit avec une crise de rhumatismes.

—Voilà, je désire lui demander un renseignement au sujet d'une maison de Blunderstone qui s'appelle "Les Corneilles", me semble-t-il.

Epouvantée, elle fit un pas en arrière et ouvrit de grands yeux.

—Peggoty! m'écriai-je alors.

—Mon enfant chéri! fit-elle joyeusement.

Je n'ai pas le courage de décrire toutes ses extravagances... ses rires et ses pleurs... sa joie pour évoquer le présent... son chagrin pour parler du passé et des Murdstone.

—Ah! si ta pauvre mère vivait encore, comme elle serait fière de toi! s'écria-t-elle.

M. Barkis me reçut dans sa chambre avec un véritable enthousiasme et il déclara que ma visite l'avait ragaillardi.

Steerforth arriva à l'heure du déjeuner, et il gagna l'estime du couple par son aisance et son esprit. Devinant la gêne de Peggoty, qui n'avait qu'une chambre à nous proposer, il insista pour coucher à l'hôtel et me convainquit de dormir chez Peggoty.

A la tombée de la nuit, nous partîmes pour la "maison-bateau" de monsieur Daniel Peggoty. Une fois sur la plage, je m'arrêtai pour lui montrer au loin le bateau.

—Le voilà.

—Je l'ai déjà vu ce matin. J'étais allé droit à lui, guidé par l'instinct, je pense, répondit-il.

Nous entrâmes silencieusement mais nous fûmes immédiatement découverts.

—David! C'est notre ami David! s'écria Cham.

Ils se jetèrent tous sur moi et j'eus bien du mal à serrer tant de mains.

—C'est un grand honneur pour moi de vous avoir ici ce soir, le plus beau soir de ma vie, nous dit monsieur Daniel, visiblement très ému. Vous savez la grande nouvelle? La petite Emilie, qui est une femme maintenant, a accepté de prendre Cham pour époux. Alors, vous pouvez imaginer ma joie!

Les visages respiraient le bonheur et la joie, mais la petite Emilie, rouge jusqu'à la racine des cheveux, se sauva dans sa chambre pour fuir nos regards.

Nous réussîmes enfin à faire revenir la jeune promise, et nous passâmes la soirée à rire et à raconter des histoires devant la cheminée. Steerforth nous enchanta toute la veillée par ses talents de causeur. Il fallait le voir discuter avec M. Peggoty de bateaux, de marées, de poissons, etc!

Nous restâmes une quinzaine de jours dans la région. Steerforth passait le plus clair de son temps en mer avec M. Daniel, à la pêche au hareng. Moi, je n'avais pas le pied marin et je préférais rester sur le rivage, à contempler la mer. Je faisais de longues promenades solitaires, et revis plusieurs fois ma vieille maison de Blunderstone et le cimetière où reposaient les miens. Le dernier soir, nous conversâmes longuement, Steerforth et moi, assis sur la plage et bercés par le ressac.

—Voilà, notre vie de boucaniers touche à sa fin... murmura tristement mon ami.

—Eh oui, nos places sont retenues dans la diligence.

—Quel dommage! Je commençais vraiment à me plaire ici.

—Oui, je sais, Steerforth, moi aussi. Mais nous avons des choses à faire maintenant.

—Oh! Je ne me suis pas croisé les bras pendant quinze jours, tu sais. Je crois que je pourrais même passer avec succès l'examen de pilotage.

—Je n'en doute pas. M. Peggoty dit que tu es un prodige, un phénomène nautique, répondis-je en souriant.

—Il a raison, répliqua-t-il pour plaisanter. Ah! Sais-tu que j'ai acheté un bateau ici? ajouta-t-il négligemment.

—Un bateau...? Tu es incroyable! m'écriai-je, stupéfait.

—Il était à vendre, et pas cher, m'expliqua Steerforth. M. Peggoty s'en servira en mon absence.

—Ah! Je comprends! repris-je soudain. En réalité, c'est un cadeau pour ton instructeur, n'est-ce-pas?

—Bah! N'en parlons plus, répondit-il en rougissant.

—Tu es très généreux et je me réjouis d'être ton ami, lui dis-je, très ému.

—Moi aussi, susurra-t-il.

—Comment vas-tu appeler le bateau? lui demandai-je, pour parler d'autre chose.

—"La petite Emilie". Mais, justement... La voilà qui arrive avec son galant.

—Oui; c'est un couple bien assorti! remarquai-je en les regardant.

Le lendemain, pendant que nous déjeunions, on me remit une lettre de ma tante. Comme je n'avais toujours pas pris de décision pour mon avenir, elle me faisait une suggestion dont je reparlerai.

Tous nos amis se rassemblèrent pour nous dire adieu et leur tristesse nous toucha profondément. Au début du voyage, nous restâmes d'abord silencieux, puis Steerforth, devenu soudain gai, m'interrogea sur la lettre de ma tante.

—Ma tante me demande si j'aimerais être procureur, répondis-je. Qu'en penses-tu?

—Ma foi, je ne sais pas.

—Mais tu dois au moins savoir ce qu'est un procureur...

—Oui, en effet. Les procureurs représentent les parties devant les juges des Tribunaux. Ils reçoivent des honoraires très confortables et jouissent d'un prestige social considérable. Tout compte fait, je te conseille d'accepter cette proposition.

Quand nous arrivâmes à Londres, nous nous séparâmes provisoirement, mais je promis d'aller le voir chez sa mère trois jours plus tard.

Je rejoignis ma tante qui m'attendait comme convenu dans la salle-à-manger du Lincoln's Inn Fields, et nous fîmes un excellent souper. Puis nous montâmes dans nos appartements pour discuter de la fameuse proposition de ma tante.

—Alors, Trot, as-tu réfléchi à ma proposition?

—Oui, ma chère tante, j'y ai beaucoup pensé. Et sur les conseils de mon ami Steerforth, j'ai décidé d'accepter.

—Allons! dit ma tante; voilà qui me réjouit.

—Je ne vois qu'une seule difficulté, ma tante.

—Laquelle, Trot?

—Mon entrée dans cette carrière n'est-elle pas trop coûteuse?

—Etre stagiaire chez un procureur est une affaire de mille livres sterling. C'est une grosse dépense, certes, mais je peux me la permettre.

—J'en conviens, ma tante, mais il existe des carrières intéressantes et moins coûteuses au départ... objectai-je, abasourdi par la somme avancée.

—Ecoute-moi bien, Trot. Je n'ai qu'un but dans la vie: faire de toi un homme bon, sensé et heureux; j'y suis résolue, Dick aussi! Tu es mon fils adoptif et nul autre que toi n'a de droits sur ma fortune. Si tu supportes les caprices et les fantaisies d'une vieille femme, si tu sais te montrer tendre et patient avec moi, tu feras pour moi bien plus que je n'aurai jamais fait pour toi. N'en parlons plus maintenant.

Le lendemain à midi, je me présentai à l'étude des procureurs Jorkins et Spenlow, à la cour des Doctors' commons.

—Monsieur Copperfield, commença Spenlow sans préambule, votre tante m'a informé du motif de votre visite, et vous n'êtes pas sans ignorer qu'il y a chez moi une place vacante, mais il vous faudra la mériter.

—Je m'y emploierai, monsieur, répondis-je calmement.

—Désirez-vous vraiment être procureur, monsieur Copperfield? ajouta-t-il avec insistance.

—Oui, je le pense. Mais vous me permettrez de ne m'engager définitivement qu'après une période d'essai, fis-je observer.

—Votre sincérité me plaît. Une attitude différente m'aurait paru suspecte, répondit-il pompeusement. Après une longue pause, il poursuivit:

—Dans cette maison, nous offrons toujours un mois d'essai. Personnellement, je serais heureux d'offrir deux ou trois mois, mais mon associé, M. Jorkins... enfin, vous me comprenez.

—Et les frais, enregistrement compris, s'élèvent à mille livres, précisai-je.

—Oui, effectivement. Pour ma part, je ne suis pas animé le moins du monde par des considérations pécuniaires... mais mon associé, M. Jorkins, a son avis personnel sur ce sujet.

J'en déduisis que ce M. Jorkins devait être un homme redoutable. Mais je découvris par la suite que c'était un homme doux et paisible; son rôle dans la maison était de se tenir au second plan et d'endosser la responsabilité de toutes les décisions "difficiles". Si un employé désirait une augmentation de salaire, si un client sollicitait un délai de paiement, M. Spenlow y aurait consenti mais M. Jorkins s'y opposait toujours. De la sorte, M. Spenlow faisait figure d'ange et M. Jorkins était le démon.

Cette question étant résolue, il nous restait à trouver un logement où je puisse m'installer. Ma tante s'en était déjà occupée.

—J'ai vu qu'on louait à Buckingham Street, pour un prix modéré, un appartement qui pourrait te convenir, me dit-elle, peu avant de regagner Douvres.

—Allons-y, ma tante. J'ai hâte de le voir.

L'appartement était situé dans l'Adelphi et ma tante et la propriétaire discutèrent âprement les conditions. On pouvait louer au mois et le bail était reconductible par accord tacite. Mme Crupp se chargerait de mon linge et ferait la cuisine.

—Je serai une seconde mère pour monsieur, promit-elle.

Je la remerciai courtoisement et lui dis:

—Je m'installerai dès demain.

Après m'avoir alloué une somme rondelette, ma tante me fit ses dernières recommandations et rentra chez elle. Quand la diligence fut partie, je me rendis chez Steerforth. Sa mère m'accueillit cordialement et m'apprit qu'il était absent.

—Il est chez un de ses amis d'Oxford, depuis hier. Mais il devrait rentrer très bientôt. J'aimerais que vous restiez dîner avec moi.

J'acceptai son invitation, mais Steerforth ne revint pas ce jour-là. Il vint me voir le lendemain avec deux amis et nous fîmes un dîner improvisé pour pendre la crémaillère. Ensuite, après avoir bien bu et bien plaisanté, nous décidâmes d'aller au théâtre.

—Messieurs, dit Grainger d'une voix pâteuse, nous sommes trop haut placés. Descendons nous installer aux premières loges.

La proposition fut acceptée à l'unanimité et Markham, Steerforth et moi, nous envahîmes une loge déjà occupée par deux dames et un monsieur, en tenue de soirée.

—Silence! cria-t-on du parterre, au bruit de nos chaises et de nos voix.

Le théâtre fut secoué par un mouvement de protestations et les dames qui étaient assises devant nous se retournèrent les unes après les autres. Agnès était l'une d'elles.

—David! s'exclama-t-elle à voix basse. Pourquoi vous tenez-vous de la sorte?

J'eus brusquement honte à en mourir.

—Partons, Steerforth! C'est Agnès! criai-je sourdement.

Nous sortîmes laborieusement. Ensuite... je ne me souviens plus de rien.

9

Après une nuit agitée, je me réveillai avec une forte migraine. Les remords m'assaillaient et je n'étais pas prêt d'oublier l'horrible journée de la veille.

Je m'apprêtais à sortir quand un commissionnaire m'apporta un billet d'Agnès. C'était un message amical, qui ne faisait pas allusion à l'incident du théâtre:

"Je serai cet après-midi chez l'homme d'affaires de mon père, M. Waterbrook. Je t'y attends à l'heure qu'il te plaira. Ely Place. Holborn. Agnès".

Sans perdre un instant, je rédigeai une réponse:

"J'y serai à quatre heures. T.C.".

Je me rendis chez M. Waterbrook et l'on me fit entrer dans un joli salon où je trouvai Agnès tricotant une bourse. Son calme contrastait avec ma nervosité.

—Rassure-toi, David, je n'ai pas l'intention de te blâmer, me dit-elle d'une voix douce et charmante.

—Tu m'enlèves un grand poids, dis-je en soupirant profondément.

—Cependant, je voudrais te mettre en garde contre ton mauvais ange, poursuivit-elle, un peu confuse.

—Mon mauvais ange? répétai-je, intrigué.

—Oui, je veux parler de Steerforth.

—Steerforth! m'écriai-je surpris.

—Je suis bien hardie, mais je te parle au nom de notre amitié. J'ai mené une vie très retirée, mais je sais, dit-elle avec fermeté, que la fréquentation de ce garçon est dangereuse pour toi.

Je la regardai bouche bée, sans pouvoir répondre, et elle continua son sermon.

—Tu ne peux changer tout d'un coup de sentiment et de conviction, je le sais. Je te demande simplement de réfléchir à ce que je te dis. Je te le répète: Steerforth a une mauvaise influence sur toi. Me pardonneras-tu tout ceci?

—Je te pardonnerai quand tu en viendras à rendre justice à Steerforth, et à l'aimer comme je l'aime, répliquai-je.

—Pas avant?

Pour éluder la question je rétorquai:

—Et toi, Agnès, quand me pardonneras-tu pour hier soir?

—Nous en reparlerons plus tard, répondit-elle, mal à l'aise.

Il y eut un silence embarrassant. Ensuite, Agnès dit:

—As-tu vu Uriah?

—Uriah? Non. Il est à Londres?

—Il vient tous les jours ici, chez M. Waterbrook. Je crains qu'il ne devienne l'associé de papa, déclara Agnès.

—Comment? Uriah? Ce misérable? m'écriai-je avec

indignation. C'est impossible! Tu dois empêcher cela, Agnès!

Pendant les derniers mois passés chez les Wickfield, j'avais pu remarquer qu'Uriah se conduisait d'une manière suspecte avec le docteur, pour des motifs jusqu'alors obscurs. Ce comportement n'était-il pas à l'origine des troubles physiques et psychologiques dont souffrait M. Wickfield? me demandai-je.

—Rappelle-toi notre dernière conversation au sujet de papa, me dit Agnès. En bien, c'est peu de temps après qu'il a fait la première allusion à cette association, sans me dire qu'elle lui était imposée.

—Imposée, Agnès! Qui la lui impose?

—Uriah. Il s'est rendu indispensable à papa. Il est fin et vigilant. Il a parfaitement compris les faiblesses de papa, il les a encouragées, et il en a tiré parti... à tel point que papa a peur de lui.

Je gardai le silence, persuadé qu'Agnès ne m'avait pas tout dit. Je ne voulus pas accentuer sa gêne par mes questions, mais, d'elle-même, elle reprit la parole.

—Peu avant ton départ, Uriah annonça à mon père qu'il le quittait, qu'il avait de meilleures chances d'avenir ailleurs.

—Et comment ton père prit-il la chose?

—Il se lamenta amèrement et en fut très abattu. Il en perdit le sommeil. Finalement, il lui proposa ce contrat d'association. Cette solution le soulagea tout en le blessant et en l'humiliant.

—Et toi, quelle fut ta réaction?

—Je le suppliai de consentir à ce sacrifice; j'étais

si inquiète pour sa santé que je pensais qu'il serait bon pour lui de se reposer un peu sur Uriah. Mais maintenant que je comprends ses manigances, comme je regrette d'avoir contribué à faire le malheur de mon père!

Elle se mit à pleurer et je tentai de la consoler.

—Nous pouvons peut-être encore faire quelque chose contre Uriah... lui dis-je naïvement.

—J'en doute fort, répondit Agnès en se ressaisissant. De toute façon, nous n'avons que des soupçons, et, pour le moment, ce serait trop risqué de l'accuser. Si tu le rencontres, promets-moi d'être amical avec lui, et ne le repousse pas!

Je lui promis à contre-cœur mais, à cet instant, madame Waterbrook entra dans le salon. Je la reconnus, car je l'avais vue la veille au théâtre en compagnie d'Agnès. Elle n'en montra rien et m'invita très gentiment à dîner pour le lendemain. J'acceptai son invitation et je pris congé. En sortant, je demandai Uriah dans les bureaux; comme il était absent, je laissai ma carte.

Lorsque j'arrivai pour le dîner le lendemain, les Waterbrook m'accueillirent cérémonieusement et me présentèrent à plusieurs invités.

—M. Traddles n'est pas encore arrivé, remarqua la maîtresse de maison.

—Traddles! Tiens! J'ai connu un Traddles au collège, dis-je. Il s'agit peut-être du même.

—C'est possible, me dit mon hôte. Il fait quelques travaux dans mon étude. C'est un très brave garçon.

Traddles entra à ce moment-là et m'accueillit chaleureusement. Nous évoquâmes notre passé commun puis nous fûmes séparés pendant tout le temps du dîner.

Uriah se trouvait naturellement parmi les invités et cela me déplut. Son humilité débordante me mit mal à l'aise et je l'évitai. A la fin de la soirée je l'invitai pourtant à venir chez moi prendre un café.

—Je voudrais vous parler, lui dis-je froidement. Nous pouvons aller chez moi si vous le voulez...

—Avec grand plaisir, monsieur Copperfield, répondit-il.

Nous nous installâmes commodément et je lui laissai le soin de reprendre la conversation.

—Je suppose que vous êtes au courant de ma future association avec M. Wickfield, lâcha-t-il.

—Oui, j'en ai entendu parler mais j'aimerais que vous me donniez de plus amples détails à ce sujet, lui dis-je, prêt à bondir.

—Simple curiosité, monsieur Copperfield? demanda-t-il ironiquement.

—Oui, simple curiosité que justifie l'affection que j'éprouve envers Agnès et son père.

—Oh! mais certainement, s'exclama-t-il, en se tortillant sur le sofa. Tenez, je me souviens encore des paroles d'encouragement que vous m'avez adressées quand nous nous sommes connus. Vous disiez que le talent et la créativité n'étaient pas le privilège des riches.

—Et je le pense encore. Mais j'avoue que votre rapide promotion professionnelle me surprend, dis-je perfidement.

—Elle me surprend aussi, monsieur Copperfield. Ma modestie m'a toujours empêché de rêver à l'impossible. Cependant, je pense que cette grande modestie est compatible avec la raison et le bon sens.

—Vous en êtes la preuve, murmurai-je en souriant avec malveillance.

—Oui, je suis heureux de penser que j'ai été utile à M. Wickfield et que je pourrai l'être encore. C'est un digne homme, mais comme il a été imprudent!

—Pourquoi imprudent?

—Pour toutes sortes de raisons. En deux ans il a perdu argent, prestige et honneur, sans doute à cause d'un affaiblissement passager. De toute façon, je le remercie infiniment de m'avoir élevé à une hauteur que j'aurais difficilement pu espérer atteindre. Monsieur Copperfield, puis-je vous faire une confidence au sujet de mademoiselle Agnès?

—Mais bien sûr. Allez-y, répondis-je, inquiet du tour que prenait la conversation.

—Je sais qu'elle vous admire et qu'elle vous respecte; c'est pourquoi j'ose vous faire part des sentiments qui m'unissent à cette créature si angélique.

J'eus un haut-le-corps et je me retins pour ne pas éclater. Ma réaction le surprit, mais il ajouta:

—Je l'aime tendrement, voyez-vous. J'embrasserais avec dévotion la trace de ses pas sur la terre.

—Vous aime-t-elle? demandai-je, d'une voix faible.

—Elle ne sait rien! répondit-il, tout excité. Vous seul

connaissez mon secret. Mais maintenant que ma position semble moins modeste, je nourris quelques espoirs.

—Pensez-vous qu'Agnès soit éblouie par cet aspect des choses? dis-je, acerbe.

Il me regarda avec stupéfaction, réfléchit un instant et dit:

—Je vois que vous avez une bien piètre opinion de moi, monsieur Copperfield. Je vous ai fait ces confidences car je comptais sur votre appui moral et sur votre influence auprès d'Agnès. Mais je crains que vous ne me les refusiez.

—Permettez-moi de rester neutre dans cette affaire, monsieur Heep, lui répondis-je. Si Agnès vous aime, vous n'aurez pas besoin d'intercesseur. Si elle ne vous aime pas, je ne me pardonnerais jamais d'avoir brisé vos deux vies.

—Je comprends votre position, murmura Uriah, sombre. Mon Dieu! Il est plus d'une heure. Il faut que je parte, monsieur Copperfield, ajouta-t-il après avoir consulté sa montre.

—Nous n'avons guère parlé de votre association avec le docteur Wickfield..., remarquai-je pour épier sa réaction.

—Excusez-moi, mais il est très tard. Ce sera pour une autre fois. Bonsoir, monsieur Copperfield!

Il se retira précipitamment en me faisant un petit salut de la tête. "Pauvre Agnès! pensai-je, une fois seul. Etait-il possible qu'elle devînt un jour l'épouse de ce misérable? Non, c'était vraiment absurde!"

Je le revis le jour du départ d'Agnès. J'étais allé au bureau de la diligence pour lui dire adieu. Uriah prenait le même véhicule qu'Agnès pour rentrer à Cantorbéry. Mais je fus extrêmement satisfait de le découvrir au bord du siège de l'impériale, tout seul, avec son parapluie, tandis qu'Agnès était bien entendu à l'intérieur.

Je suppliai le ciel de ne pas permettre un tel mariage et je recommandai à Agnès de tenter de faire échouer les sordides ambitions professionnelles d'Uriah.

Au bout de quelques rudes semaines d'apprentissage, M. Spenlow, satisfait de mon ardeur et de mon rendement, m'invita à passer le week-end dans sa maison de campagne de Norwood.

—Je vous emmènerai et je vous ramènerai dans mon phaéton, me dit-il.

Le samedi arriva et, chemin faisant, il m'apprit qu'il avait une fille et qu'elle résidait à Norwood. La maison était spacieuse et joyeusement éclairée. Nous traversâmes d'abord un vestibule rempli de chapeaux, de couvertures, de manteaux et de cannes.

—Où est mademoiselle Dora? demanda M. Spenlow au domestique.

—Dans le grand salon, monsieur, répondit ce dernier.

"Dora! pensai-je. Quel joli nom!"

La jeune fille était beaucoup plus belle que son nom, et elle me salua amicalement. A côté d'elle, se tenait une personne que je ne connaissais que trop.

—Miss Murdstone, balbutiai-je, en m'inclinant légèrement.

—Monsieur Copperfield! s'écria-t-elle avec stupeur. Je ne vous aurais pas reconnu.

—Moi, je vous aurais reconnue n'importe où! déclarai-je, d'un ton légèrement moqueur.

—Tiens! Je suis bien aise de voir, Copperfield, que Miss Murdstone et vous, vous soyez d'anciennes connaissances.

—Monsieur Copperfield et moi, nous sommes parents. Nous nous sommes un peu connus autrefois, dans son enfance; les circonstances nous ont séparés depuis lors.

—Ah! Oui! Cela arrive souvent, hélas. La vie ne respecte pas les sentiments les plus chers, dit M. Spenlow en soupirant profondément.

—J'espère que votre santé est bonne, Miss Murdstone, lui dis-je, toujours un peu moqueur.

—Très bonne, merci, répondit-elle entre les dents.

—Et comment va M. Murdstone?

—Mon frère se porte à merveille, je vous remercie.

M. Spenlow et sa fille intervinrent pour dissiper la tension naissante.

—Miss Murdstone a eu la bonté d'accepter les fonctions de, comment dirais-je...

—Dame de compagnie, suggéra Dora à son père.

—Oui, c'est cela, dame de compagnie. Comme ma fille n'a malheureusement pas de mère, Miss Murdstone veut bien lui accorder sa compagnie et sa protection, conclut M. Spenlow.

Je crus comprendre que Dora n'était pas très disposée à être intime avec sa compagne et protectrice;

je résolus de l'interroger un peu plus tard à ce sujet.

En allant dîner, je découvris les autres invités. Dora plaça tous les convives. Elle était si belle et si charmante que je ne me rappelle pas qui était là, et que j'en oubliai de manger. Pour moi, il n'y avait que Dora. Après m'avoir souri, elle me serra la main et quitta la salle à manger avec Miss Murdstone. Je flottais et je m'endormis en pensant à elle. Quand je me levai, je pensais toujours à elle.

Je descendis dans le vestibule et je rencontrai Dora. Troublé, je balbutiai:

—Vous... êtes... bien matinale, mademoiselle.

—J'aime me lever tôt, en dépit des absurdes recommandations de Miss Murdstone. D'après elle, l'air matinal est nocif. J'ai prévenu mon père que je sortais me promener, et me voilà. C'est la plus belle heure de la journée, ne trouvez-vous pas? dit Dora gaîment.

—Assurément. Pourtant, il y a quelques minutes, c'était l'heure la plus triste.

—Est-ce un compliment? demanda-t-elle en souriant malicieusement.

—Non, c'est la vérité, je vous assure, protestai-je, peiné.

Dora éclata de rire et, changeant de sujet, elle dit:

—Vous n'êtes pas très lié, non plus, avec Miss Murdstone, n'est-ce-pas?

—Non, répondis-je, pas du tout.

—Je me demande quelle idée papa pouvait avoir dans la tête quand il l'a choisie. Je n'ai pas besoin de protectrice, et d'elle, encore moins.

J'acquiesçai comme si je comprenais fort bien tout cela. Evidemment, cela ne pouvait être autrement. Miss Murdstone était entrée dans cette maison sur un caprice de M. Spenlow, mais elle ne tarderait pas à faire ses valises.

Je déjeunai avec Dora puis je repartis pour Londres avec son père. Je la saluai de l'intérieur du phaéton, et elle me rendit mon salut du seuil de la maison.

10

Je rendis visite à Traddles qui, lors de notre rencontre chez les Waterbrook, m'avait laissé son adresse; il habitait à Cambdem Town, un faubourg peu séduisant de Londres. Il m'introduisit dans sa chambre et s'enquit de ma situation avec une grande cordialité. Puis à mon tour, je le questionnai.

—Comment vas-tu, mon cher Traddles?

—Ma foi, plutôt bien. Je suis clerc.

—Ah oui, c'est vrai. Ce travail te convient-il?

—Je ne désespère pas de me frayer un chemin dans le journalisme, comme rédacteur. En attendant, je suis étudiant en droit. Le paiement des cent livres nécessaires à mon inscription a été un rude coup, tu sais!

—Tout finit par s'arranger, dis-je.

J'eus soudain honte en pensant à tout l'argent dont je disposais grâce à ma tante.

—Mais ce n'est pas tout, Copperfield, s'écria-t-il joyeusement. Je suis fiancé.

—Toutes mes félicitations!

—C'est la fille d'un pasteur qui vit dans le Devonshire. Tu n'en trouveras pas de plus jolie, de plus gentille, de plus discrète...

—C'est une perle! plaisantai-je.

—Tu dois penser que j'exagère, mais que veux-tu, je l'aime tant!... Nous avons pour devise: "Attendre et espérer".

—Ah, oui bien sûr, dis-je sans conviction.

—Oui Copperfield, nos fiançailles seront longues. Je dois d'abord me faire une situation. Pour le moment, je mène une vie austère et je prends mes repas chez les gens du rez-de-chaussée. Les Micawber connaissent la vie et sont de très bonne compagnie. Lui, surtout, est un homme de ressource.

—Les Micawber! Que me racontes-tu là? Mais je les connais intimement!

On frappa justement à la porte deux coups inimitables et M. Micawber apparut.

—Veuillez m'excuser, cher ami. J'ignorais que vous aviez de la visite.

—Comment allez-vous, monsieur Micawber? lui demandai-je.

—Très bien, monsieur, c'est très aimable à vous, répondit-il sans me reconnaître.

Je lui demandai des nouvelles de toute sa famille sur un ton amusé. Il m'examina alors attentivement et s'écria enfin:

—Juste ciel! Mais c'est mon ami Copperfield en personne!

Monsieur Micawber me serra les deux mains avec une extrême ferveur; ensuite, il se pencha par-dessus la rampe pour appeler sa femme.

—Cher ami, me dit-il bientôt, vous me retrouvez

une fois de plus au bord du précipice, mais, comme toujours, je me prépare à vaincre l'obstacle.

Mme Micawber fit irruption dans la chambre, m'étreignit fébrilement et eut comme une faiblesse. Mais, fidèle à elle-même, elle reprit rapidement ses sens et entra dans la conversation avec enthousiasme. Elle était encore plus négligée que par le passé et, lorsque son mari insista pour me retenir à dîner, je décelai une telle inquiétude dans son regard que je prétextai immédiatement un engagement.

Mais avant de partir, je les invitai à dîner tous ensemble chez moi. Ils me promirent, bien sûr, qu'ils viendraient et me firent des adieux chaleureux.

Une semaine plus tard, je les reçus chez moi. Le menu, plus simple que celui de la pendaison de crémaillère, se composait de deux soles, d'un gigot de mouton et d'un pâté de pigeons. J'avais préparé un bon punch à l'attention des Micawber.

Le dîner fut très animé et mes trois invités furent enchantés. Peu avant leur départ, je réussis à parler seul à seul avec Traddles.

—Ecoute-moi, cher Traddles, lui dis-je. M. Micawber n'a pas de mauvaises intentions, le pauvre; mais si j'étais à ta place je ne lui prêterais rien.

—Je ne lui ai prêté que mon nom, Copperfield, je n'ai rien d'autre.

—Ton nom? dis-je avec inquiétude. Mais, comment cela?

—Il m'a présenté des billets et je n'ai pas cru devoir...

M. Micawber nous rejoignit et Traddles mit fin à

ses inquiétantes confidences.

Le lendemain matin, alors que je m'habillai, je reçus une lettre de ce fripon de M. Micawber:

"Monsieur... car je n'ose dire mon cher Copperfield, le soussigné s'est efforcé hier soir de vous cacher sa situation désespérée, mais aujourd'hui il fait tomber le masque. L'édifice s'écroule, ma vie touche le fond de l'abjection, et l'inventaire de saisie dressé en ce moment en est la preuve. Il comprend, hélas, le mobilier de monsieur Thomas Traddles, membre de l'Honorable Corporation du Temple. La dernière goutte d'amertume ne m'est pas épargnée, car il se trouve que le billet de vingt trois livres, quatre shillings et neuf pence, amicalement endossé par Traddles, est échu et n'est pas couvert.

Après tant d'infortunes, ce serait une œuvre de surérogation d'ajouter que les cendres et la poussière de l'humiliation seront à jamais répandues sur la tête du soussigné

Wilkins Micawber".

Pauvre Traddles! Il était trop tard. Sa fiancée et lui pourraient-ils encore appliquer avec foi leur devise sacrée? Je connaissais assez M. Micawber pour être sûr qu'il relèverait bientôt la tête, malgré toutes les cendres et la poussière qui la recouvraient à tout jamais.

Peggoty m'annonça peu après que M. Barkis était au plus mal. Je me libérai de mes obligations et je partis aussitôt pour Yarmouth.

J'y arrivai le soir et, après avoir réservé une chambre à l'auberge, je me rendis chez Peggoty.

Son frère Daniel m'ouvrit la porte et ne parut pas surpris de me voir. Assise près de la cheminée, la petite Emilie cachait son visage dans ses mains. Cham se tenait debout à côté d'elle.

Peggoty descendit bientôt et me pressa contre son cœur. Puis elle me bénit et me remercia du réconfort que je lui apportais dans sa détresse. Nous montâmes voir M. Barkis qui était inerte et inconscient.

—Barkis, mon chéri! Voilà notre David. Est-ce que tu veux lui parler? dit-elle en se penchant sur le malade.

Il resta muet et ne bougea pas.

—Il s'en ira avec la prochaine marée, dit Daniel Peggoty.

Mes yeux s'embuèrent de larmes mais je demandai:

—Comment le savez-vous?

—Sur la côte, les malades meurent avec la marée descendante, et les enfants naissent avec la marée montante. Barkis s'en ira avec la marée; le reflux commencera à trois heures et demie.

Deux heures plus tard, le malade commença à s'agiter et à délirer.

—Barkis, mon chéri! s'écria Peggoty.

—Tu es la meilleure des femmes, susurra-t-il.

—David est là! Il est venu te voir!

Il me reconnut, me tendit la main en souriant et dit:

—Merci d'être venu, David.

Et tandis que la mer se retirait, il partit avec elle.

Après l'enterrement, Peggoty vint à Londres pour s'occuper du testament de son défunt mari. Pendant tout le trajet, elle me raconta combien elle avait été heureuse avec lui. Maintenant, elle attendait de le retrouver sous les hautes herbes du cimetière de Blunderstone.

* * *

Un matin, M. Spenlow m'invita à un pique-nique organisé le samedi suivant, en l'honneur de l'anniversaire de sa fille. Je promis de m'y rendre et je me mis à attendre ce jour béni avec une grande impatience. Quatre ou cinq jours plus tard, je reçus un billet de Dora: "Avec l'approbation de papa... pour vous rappeler l'invitation". Il est inutile de dire que j'étais follement heureux.

Le jour de l'anniversaire de Dora, vers dix heures, je partis sur le fringant coursier que j'avais loué pour l'occasion et je galopai jusqu'à la demeure des Spenlow. Mon agréable promenade s'acheva devant la grille de leur merveilleux jardin.

J'offris à Dora quelques douceurs et un bouquet de fleurs avec une timidité maladroite. Dora me remercia avec une grande gentillesse. Elle était en compagnie d'une jeune fille un peu plus âgée qu'elle, nommée Julia Mills. C'était l'amie intime de Dora.

—J'ai le plaisir de vous apprendre que Miss Murdstone est absente, me dit Dora. Elle assiste au mariage de son frère, et ne reviendra que dans trois semaines. N'est-ce pas merveilleux, monsieur Copperfield?

—Oui, c'est merveilleux! m'écriai-je en la regardant d'un air ahuri.

Quelques minutes plus tard, nous nous mîmes en route. Julia, Dora et M. Spenlow prirent place dans un phaéton découvert; je les escortai à cheval et je vis souvent Dora me regarder et me sourire.

Nous nous arrêtâmes aux abords de Guilford, dans un pré verdoyant, sur un coteau ourlé de bruyère. Un paysage opulent et ensoleillé s'étalait à perte de vue. Les autres invités nous rejoignirent et nous déjeunâmes sans plus tarder.

Nous passâmes l'après-midi à bavarder, à jouer, à sauter et à courir. Après le goûter, la première brise du soir fut le signal du retour.

Au moment des adieux, Julia s'approcha de moi et me dit:

—Dora va venir séjourner chez moi, monsieur Copperfield. Venez donc nous voir, mon père sera ravi de vous connaître.

—Merci beaucoup, Miss Mills. Vous pouvez compter sur moi, répondis-je, le cœur battant.

Trois jours plus tard, je me rendis chez les Mills. Le père de Julia était absent, mais cette contrariété nous fut supportable. Notre hôtesse, prétextant je ne sais quoi, nous laissa seuls, Dora et moi. Je profitai sans hésiter de cette occasion pour lui avouer mon amour.

Je ne saurais vous dire ce qui se passa alors; je me rappelle seulement que Dora me dit "oui", et que nous décidâmes de garder notre secret vis-à-vis de M. Spenlow.

J'écrivis à Agnès pour lui annoncer la grande nouvelle et je reçus par retour de courrier une lettre affectueuse et joyeuse. Traddles vint me voir plusieurs fois en mon absence. Peggoty le reçut gentiment, et je devine aisément sur quoi roulèrent leurs conversations.

Un après-midi, ma tante et M. Dick se présentèrent à l'improviste chez moi. L'expression soucieuse de ma tante m'échappa tout d'abord, et je l'embrassai affectueusement.

—Quel plaisir inattendu! Je suis ravi de vous voir! leur dis-je.

—Ecoute-moi attentivement, Trot, me dit ma tante en me regardant gravement.

"Pour quelle raison ma tante et M. Dick s'étaient-ils déplacés?" pensai-je soudain. Ma tante ne voyageait pas à la légère et son attitude ne présageait rien de bon.

—Que se passe-t-il, tante? demandai-je.

—Je suis ruinée. Il me reste ces bagages que tu vois et ma petite maison que Jeannette se charge de louer.

Bien que ma tante eût parlé sur un ton posé et sobre, ses révélations m'achevèrent. Elle s'en rendit compte et se jeta à mon cou en pleurant. Un instant plus tard elle réprima ses émotions et déclara:

—Il faut supporter bravement les revers, mon cher Trot. Ce sont des choses qui arrivent, il faut braver le malheur jusqu'à la fin.

"Je suis pauvre à nouveau et je vais devoir libérer Dora de son engagement, si bon lui semble. Comment achever mon apprentissage tout en gagnant ma vie? Et que faire pour entretenir ma tante?" pensai-je sur le coup.

—Je vous fais mes condoléances, Mme Barkis, dit ma tante à Peggoty.

—Merci, Miss Trotwood, répondit Peggoty, doublement triste.

—Il faut que je trouve un lit ce soir pour M. Dick. Pouvez-vous vous en charger? demanda ma tante.

—Oui, ne vous inquiétez pas. Je m'en occupe, assura Peggoty.

Le lendemain, j'exposai la situation à M. Spenlow et je conclus ainsi:

—Serait-ce trop vous demander d'annuler mon contrat d'apprentissage? dis-je timidement.

—Annuler votre contrat, Copperfield?

—Je n'ai aucune ressource, monsieur, je vais devoir travailler.

—Je suis désolé, répondit-il, en hochant la tête en signe de dénégation. Nous se pouvons annuler un apprentissage pour des raisons de ce genre. De plus, en admettant que moi, j'y consente, vous savez bien que M. Jorkins, lui... Vous pouvez toujours essayer de lui en parler...

Je compris que j'avais échoué. M. Jorkins ne me rendrait pas mes mille livres sterling puisque M. Spenlow avait jugé bon de ne pas me les rendre. Je n'allai même pas le voir, c'était inutile.

Sur le chemin du retour, j'étais plongé dans mes sombres pensées quand un véhicule s'arrêta à ma hauteur. Levant les yeux, j'y découvris le visage souriant d'Agnès.

—Agnès! Chère Agnès! Quel plaisir de te voir, toi,

plus que personne au monde!

—Vraiment? me dit-elle malicieusement.

—Mais oui, vraiment. Où vas-tu?

—Chez toi; je voudrais parler avec ta tante.

Après un silence, je finis par lui demander:

—Tu es au courant de son infortune?

—Oui, David. Ta tante m'a écrit et m'a tout raconté. C'est pourquoi nous sommes venus la voir.

—Avec qui es-tu venue? demandai-je avec étonnement.

—Avec papa et Uriah. Ils sont associés désormais. Le savais-tu?

Les Wickfield étaient venus voir ma tante, car depuis des années une affection réciproque existait entre eux.

Agnès me demanda si je savais pourquoi ma tante était ruinée, mais je lui répondis:

—Non, elle ne me l'a pas encore dit.

Ma tante nous reçut cordialement, mais quand elle apprit ma démarche auprès de M. Spenlow, elle me gronda gentiment:

—Ce n'était pas très judicieux de ta part. Tu n'aurais pas dû lui révéler ma situation.

—Mais ma tante... balbutiai-je, déconcerté.

—Tu seras avoué-procureur, mon fils, et ne me parle pas de t'enrôler comme soldat, ou d'entrer dans la marine! De mon vivant, je ne veux pas en entendre parler. Et maintenant, voyons clairement la situation de Betsy Trotwood.

Je vis Agnès pâlir brusquement et ma tante l'observa attentivement tout en parlant.

—Betsy Trotwood avait une certaine fortune qui lui permettait de vivre dans l'aisance. Elle la plaça en rentes, puis sur hypothèques. Et tout allait très bien. Puis on purgea les hypothèques et on remboursa Betsy. Se croyant plus avisée que son homme d'affaires (votre père, Agnès), Betsy plaça son argent elle-même, pour finir par le perdre dans les mines, dans les pêcheries et enfin dans une banque. Betsy n'a plus le sou.

Je remarquai qu'Agnès reprenait peu à peu ses couleurs.

—Quand se termine le bail de ton appartement? demanda-t-elle.

—Dans six mois, et je ne pourrai pas le sous-louer, répondis-je.

Agnès et ma tante bavardèrent encore un long moment. Puis j'accompagnai Agnès à l'hôtel où l'attendait son père, et ils me prodiguèrent tous deux conseils et encouragements.

11

Je commençai la journée du lendemain avec une ardeur nouvelle pour affronter les circonstances. Je me rendis chez le docteur Strong qui vivait à Highgate, dans un ravissant cottage. Je savais par Agnès qu'il avait besoin d'un secrétaire et je lui proposai mes services. Il accepta et promit de me verser soixante-dix livres par an.

Cependant, je brûlais de faire quelque chose de plus, et j'allai voir Traddles avec M. Dick. Traddles était occupé à copier des documents, mais il nous reçut cordialement.

—Voilà. J'ai pensé que je pourrais, pendant mes heures de liberté, faire le compte-rendu des débats parlementaires pour un journal du matin, jetai-je, tout à trac.

—Mais, cher Copperfield, je croyais que tu ne savais pas sténographier.

—En effet, mais je vais m'y mettre.

—Il faut persévérer plusieurs années pour y parvenir, s'écria Traddles d'un air désolé.

—Je te suis très obligé, mon cher Traddles. Je commencerai donc demain, dis-je simplement.

—Juste ciel, Copperfield! dit Traddles en ouvrant de grands yeux. Je ne te savais pas si énergique.

—Je vais acheter un traité de sténographie et je sténographierai les plaidoyers à la cour, pour m'exercer, lui dis-je en souriant.

Traddles accepta de fournir à M. Dick des écritures à copier, car ce dernier voulait se rendre utile. Au bout d'une semaine il avait gagné neuf shillings et six pence, et il rayonnait de joie.

—Plus de famine, maintenant! s'exclama-t-il. Je vais pourvoir à tous nos besoins, voilà tout!

Quelques jours plus tard, M. Micawber écrivit à Traddles "qu'une bonne occasion s'était présentée et qu'il avait trouvé un emploi".

—Un emploi? dis-je émerveillé. Raconte-moi cela, Traddles!

—Il a fait paraître une annonce où il se proposait comme secrétaire, et M. Heep l'a engagé comme secrétaire particulier.

—Quelle surprise! je n'en reviens pas! murmurai-je, confondu.

—Ah! j'oubliais. Il t'envoie ses cordiales salutations, ajouta Traddles, visiblement peu effecté par le manque de scrupules de M. Micawber à son endroit.

Un samedi, j'allai passer la soirée chez Julia Mills et j'exposai à Dora ma situation. Nos relations n'étaient donc plus possibles, lui dis-je en conclusion, mais elle répondit:

—Pauvre ou riche, tu es toujours le même pour moi, et rien ne doit changer entre nous.

—Mais Dora... je suis ruiné, m'écriai-je, presque heureux.

—Pour peu que tu travailles, nous aurons toujours de quoi manger du pain frais, dit-elle gaiement.

Je fus très heureux de constater qu'elle réagissait si bien et mon ardeur professionnelle redoubla. Je devais préparer notre avenir! Je me levais tous les jours à cinq heures et je travaillais tard dans la nuit, sans m'en ressentir trop.

Un jour, alors que je m'exerçais à la sténographie au Collège des Docteurs, j'aperçus M. Spenlow dans le vestibule. Il se parlait à lui-même et semblait très soucieux. Au lieu de me rendre mon "Bonjour", il me regarda froidement et me pria de l'accompagner à un certain café, car il avait à me parler. Son port de tête rigide et altier me parut particulièrement inquiétant. Peut-être avait-il découvert mes relations avec Dora.

Mes craintes se précisèrent quand j'aperçus Miss Murdstone, assise à une table dans un coin du café. Elle me tendit la main avec une sévérité qui me rappela de bien tristes souvenirs.

M. Spenlow la pria d'ouvrir son sac à main d'où elle tira un paquet de lettres entourées d'un précieux ruban bleu.

—Vous les reconnaissez, monsieur Copperfield? Ce sont les vôtres! me dit M. Spenlow en les saisissant avec douceur.

Je baissai la tête comme le prévenu qui attend la sentence.

—Miss Murdstone, ayez la bonté de nous dire tout ce que vous savez sur cette lamentable affaire, je vous prie, dit M. Spenlow.

La sœur de mon beau-père, soupçonnant mes rencontres secrètes avec Dora, avait étroitement surveillé cette dernière et s'était efforcée de trouver des "preuves écrites". Hier soir enfin, elle avait mis la main sur ces lettres qui étaient dissimulées dans un tiroir de Dora. M. Spenlow fut très sensible à la dignité réprobatrice de Miss Murdstone, et il durcit le ton.

—Vous avez entendu, Monsieur Copperfield? Avez-vous quelque chose à dire?

—Je suis seul coupable de tout, monsieur. Dora...

—Miss Spenlow, s'il vous plaît, dit-il en m'interrompant.

—C'est moi qui ai poussé Miss Spenlow à consentir à cette dissimulation. J'en porte l'entière responsabilité, balbutiai-je, en songeant tristement au mauvais moment que Dora devait être en train de passer.

M. Spenlow m'infligea alors un pénible discours de circonstances qu'il acheva en exigeant que je lui promette d'oublier Dora.

—Cela m'est impossible, monsieur. J'aime trop votre fille. C'est au-dessus de mes forces.

—Soit, M. Copperfield. Je ferai en sorte que ma fille vous oublie, affirma-t-il.

—Vous échouerez, monsieur. Dora m'aime, pronostiquai-je en retrouvant mon assurance.

—M'obligeriez-vous à revenir sur mes dispositions testamentaires? Réfléchissez et cessez ces enfantillages, monsieur Copperfield. Le bien de ma fille doit l'emporter sur toute autre considération dans votre esprit.

J'étais désespéré et ce fut en vain que ma tante essaya de me consoler. Le samedi matin, en arrivant à mon bureau, je fus surpris de voir les employés bavarder devant la porte. Comme j'entrais, ils me jettèrent d'étranges regards. Les clercs étaient là, mais personne ne travaillait. Je finis par aborder l'un d'entre eux.

—Que se passe-t-il, monsieur Tiffey? m'écriai-je, un peu inquiet.

—Vous ne savez donc pas? Quel affreux malheur! répliqua-t-il en levant les bras au ciel.

—Parlez, que diable! dis-je avec impatience.

—M. Spenlow est mort! répondit l'un des employés.

Je crus que la terre croulait sous mes pieds et l'un des clercs me saisit dans ses bras.

—Mort? répétai-je, abasourdi.

—Hier, M. Spenlow est reparti sur Norwood en conduisant lui-même son phaéton, comme il le faisait quelquefois. Le phaéton est arrivé vide à sa maison de campagne; les rênes étaient rompues, mais elles avaient traîné par terre et les domestiques ont alors pensé que M. Spenlow avait fait une chute.

—Et c'était bien une chute?

—Oui, M. Copperfield, reprit M. Tiffey. Les domestiques ont suivi la route et l'ont retrouvé à un mille de là, près d'une église, couché sur la chaussée, la face contre terre. Le médecin n'a pu se prononcer sur les circonstances exactes de sa mort. Est-il tombé, victime d'une attaque? Ou était-il descendu du phaéton parce qu'il ressentait un malaise?... Personne n'a l'air de le savoir.

Je fis écrire par ma tante une lettre pour présenter à Dora mes condoléances et demander à être reçu. Dora m'envoya une étrange réponse et ne manifesta pas le désir de me voir.

Quelques jours plus tard, j'appris de curieuses choses. A ma grande surprise, non seulement M. Spenlow, malgré ses véhémentes déclarations, n'avait pas fait de testament, mais ses affaires étaient dans le plus grand désordre. D'abord, on ne put discerner ce qu'il devait, ce qu'il avait payé ou ce qu'il possédait. Peu à peu, on découvrit que, poussé par le désir de briller, il avait dépensé au-delà de son revenu professionnel.

Au bout de six semaines, la maison et le mobilier de Norwood furent vendus aux enchères pour payer les dettes du défunt. M. Tiffey me dit que, déduction faite de la part des associés dans l'étude, il ne donnerait pas mille livres sterling de tout le reste.

Dora, toujours prostrée, n'en avait pas été informée. Elle pleurait et répétait sans cesse: "Oh mon pauvre papa! Comme je suis seule!". J'aurais voulu la voir et la consoler, mais ce fut impossible.

Deux sœurs de M. Spenlow, qui habitaient à Putney, proposèrent à Dora de venir demeurer avec elles. Elle accepta avec reconnaissance et son départ, peu après l'enterrement, me plongea dans un profond abattement.

12

Ma tante, voyant que mon état d'abattement se prolongeait, m'envoya à Douvres pour quelques jours, sous prétexte de renouveler le bail de sa maison. Je cédai assez volontiers à son artifice, car mes multiples occupations quotidiennes me pesaient chaque jour davantage.

M. Jorkins me donna la permission de m'absenter de l'étude, les affaires en cours ne pressant pas. Certes, l'étude dépérissait depuis la mort de M. Spenlow, mais nous pensions pouvoir redresser la situation.

Je trouvai tout en bon état à Douvres, et j'écrivis à ma tante que son locataire m'avait fait très bonne impression. Après avoir renouvelé le bail et réglé quelques petites affaires, je me rendis à Cantorbéry.

La vieille ville n'avait pas changé et je flânai avec plaisir dans les rues humides et populeuses. Arrivé à la porte de M. Wickfield, je trouvai M. Micawber installé dans la petite pièce basse du rez-de-chaussée. Bien que très occupé, il me reçut, comme à l'accoutumée, avec une cordialité affectée.

—Mon cher Copperfield, vous voudrez bien excuser l'extrême discrétion que mon travail m'impose, dit-il d'un ton emphatique et mystérieux.

—Je ne vous saisis pas bien, M. Micawber.

—C'est pourtant simple. J'occupe ici une place de confiance qui m'oblige à garder le secret sur les affaires de cette maison, ajouta-t-il avec une lenteur consommée.

J'acquiesçai d'un signe de tête en pensant qu'il ne tenait pas à me parler de son patron Uriah Heep. Je ne voyais aucune autre explication possible à sa gêne.

—Rassurez-vous, monsieur Micawber. Je mesure parfaitement l'ampleur de vos responsabilités et je me garderai bien de vous mettre dans l'embarras, répondis-je en me retenant pour ne pas rire.

—Votre obligeance me touche infiniment, cher ami.

—Dites-moi, monsieur Micawber: et votre femme et vos enfants?

—Ils vont bien, j'imagine, me dit-il d'un ton gêné.

Cette curieuse réponse me laissa perplexe. Quelques heures plus tard, j'entendis madame Micawber se plaindre amèrement de son mari, et j'en conclus qu'ils avaient de graves dissensions.

Je pris congé d'eux à grand-peine, je montai à l'étage et j'entrai dans la chambre d'Agnès, sans frapper. Elle parut très agréablement surprise de me voir.

—David! Mais que fais-tu ici?

—Je suis venu boire l'eau de ma source, répondis-je métaphoriquement.

—Allons! Allons! Dis-moi ce qui se passe!

—C'est toujours la même histoire, chère Agnès.

Auparavant, je te demandais conseil pour des bêtises; et maintenant je te consulte pour des choses sérieuses. Il n'y a qu'auprès de toi que je trouve la paix, le bonheur et la confiance en moi.

—Tu exagères un peu, David, et tu sais très bien que tu devrais compter sur quelqu'un d'autre, répondit-elle avec affabilité.

—Sur Dora?

—Oui.

—Sans doute, mais elle est si timide, si craintive. Ce n'est pas un reproche, mais elle s'éloigne de moi quand j'ai vraiment besoin d'elle. Elle vit avec ses tantes et, depuis l'enterrement de son père, elle ne fait rien pour me voir.

—Tu devrais écrire aux tantes de Dora en leur racontant tout ce qu'il s'est passé.

—Tu crois? dis-je avec inquiétude.

—Oui, expose-leur tes sentiments envers Dora et supplie-les de te laisser la voir de temps en temps.

Malgré les risques que je courais, je suivis ce conseil à la lettre. L'entrée de la mère d'Uriah interrompit notre entretien. Je sus plus tard qu'Uriah nous faisait surveiller pour s'opposer à mon influence sur Agnès. Nous avions convenu, Agnès et moi, je le répète, de ménager Uriah et sa mère, car ils avaient une emprise croissante sur le pauvre M. Wickfield.

Uriah s'arrangea pour que je ne voie le père d'Agnès qu'au dîner. Lorsqu'Agnès et Mme Heep se levèrent de table pour préparer le thé, il y eut une scène extrêmement révélatrice.

—Allons, mon cher associé, dit Uriah en levant son verre de vin. Buvons à la santé de la plus belle des femmes!

M. Wickfield hésita un instant; puis, posant son verre vide, il jeta un coup d'œil sur le portrait d'Agnès, porta la main à son front et se laissa tomber au fond de son fauteuil.

—Ne le prenez pas mal, dit Uriah, déconcerté par cette réaction. J'estime sincèrement votre fille, je l'admire, et je...

Il se tut brusquement en voyant le visage décomposé de M. Wickfield. Mais, sans prendre garde, il ajouta peu après:

—Agnès Wickfield est l'épouse qu'il me faut. Pourquoi ne puis-je en parler ouvertement, entre amis?

Soudain, M. Wickfield poussa un cri déchirant, se leva de table et se mit à se frapper la tête.

—M. Wickfield! s'écria Uriah, pâle comme la mort. Etes-vous devenu fou? J'ai autant de droits sur Agnès qu'un autre...

—Je me jetai sur M. Wickfield mais je ne parvins pas à le calmer. Il était déchaîné, il s'arrachait les cheveux et se débattait comme un forcené, en proférant des paroles incohérentes.

—Regardez mon bourreau, M. Trotwood, articula-t-il enfin, rouge de colère. Le voilà, tranquille et content de son crime. Pas à pas il a ruiné ma réputation, il a détruit mon foyer. C'est le boulet que je traîne au pied. Il me prendra tout ce que j'ai. Que dis-je? Il m'a déjà tout pris!

—J'oublierai vos paroles, M. Wickfield, répliqua Uriah, avec assurance. Le vin vous monte à la tête. Vous vous raviserez demain. Quant à moi, si je suis allé trop loin, je le regrette.

La porte s'ouvrit, et Agnès, blanche de peur, s'approcha de son père et lui passa le bras autour du cou en disant:

—Papa, viens avec moi.

Je lus sur son visage qu'elle avait entendu une partie de la conversation. Sans écouter les obscures explications d'Uriah, je me levai de table et montai dans ma chambre.

Au petit matin, Agnès vint me dire bonjour.

—As-tu bien dormi, David?

—Oui, mais toi, tu as pleuré, n'est-ce-pas? répondis-je en effleurant ses joues.

—Non, tu te trompes, David.

—N'y a-t-il rien à faire pour ton père? dis-je sans insister davantage.

—Rien, mon cher ami. S'en remettre à Dieu, dit-elle tristement.

—Promets-moi de ne jamais te sacrifier à un sentiment erroné du devoir.

Elle me comprit très bien, mais me répondit d'une manière évasive. Elle finirait par se marier, la pauvre, avec Uriah pour préserver son père de l'anéantissement. Une fois seul, j'implorai Dieu d'en disposer autrement.

Je m'apprêtais à monter dans la diligence, lorsque je vis apparaître Uriah.

—Vous ne serez pas fâché d'apprendre que M. Wickfield et moi, nous nous sommes réconciliés.

—En effet, je suis heureux que vous vous soyez excusé auprès de lui, répondis-je avec sagacité.

—Ah, bien sûr! Quand on est modeste, qu'est-ce qu'une excuse? A propos, M. Copperfield, vous est-il parfois arrivé de cueillir une poire avant qu'elle ne soit mûre?

—Maintes fois, M. Heep, répondis-je en le dévisageant.

—Moi, c'est ce que j'ai fait hier soir. Cependant, cette poire-là a encore le temps de mûrir. Je peux attendre.

—Vous avez raison, M. Heep; cette poire mûrira... peut-être...

Je le vis s'assombrir avec une joie sans mélange et, après un bref salut, je montai dans la diligence. Je souhaitais de tout mon cœur qu'un événement changeât le cours des choses, mais c'était fort improbable.

Arrivé à Londres, je rapportai dans le détail ces événements familiaux à ma tante, et j'écrivis sans attendre aux tantes de Dora. Au bout d'une semaine, leur réponse me parvint.

Les deux vieilles demoiselles présentaient leurs civilités à M. Copperfield et l'informaient qu'elles avaient longuement réfléchi sur le contenu de sa lettre. S'abstenant d'exprimer une opinion définitive par écrit, elles priaient M. Copperfield de leur rendre visite, en se faisant accompagner par un ami intime.

Je leur écrivis que, conformément à leur aimable

permission, je leur rendrais visite le jour dit, en compagnie de mon ami Thomas Traddles. A l'heure dite, nous nous présentâmes et j'appris que les deux tantes s'appelaient Clarissa et Lavinia.

Après quelques politesses, Miss Lavinia parla d'affaires de cœur, car c'était elle l'oracle en la matière. Sa sœur, Miss Clarissa, en revenait toujours à la froideur de leurs relations avec M. Spenlow. Puis, cette dernière remarqua:

—Vu la précaire situation économique de notre nièce, il est de notre devoir de vérifier l'authenticité de votre affection pour elle.

—Cela me paraît fort raisonnable, acquiesçai-je, circonspect.

—Je puis vous promettre que M. Copperfield aime prodondément Dora, dit Traddles en s'enflammant.

—De toute façon, nous désirons nous en assurer personnellement, intervint Miss Lavinia. Et s'adressant à moi, elle ajouta: Monsieur Copperfield, nous serons heureuses de vous recevoir à dîner tous les dimanches. Nous dînons à trois heures.

Je m'inclinai.

—Dans le courant de la semaine, dit à son tour Miss Clarissa, nous serons heureuses de vous recevoir deux fois, pour prendre le thé.

—Après cette période probatoire, nous vous donnerons une réponse formelle, monsieur Copperfield, approuva sa sœur.

—C'est vraiment très aimable à vous, murmurai-je, comblé.

—Nous souhaitons avoir le plaisir de recevoir votre tante, monsieur Copperfield, dit Miss Clarissa.

—Je ne manquerai pas de lui en faire part, et je suis sûr qu'elle en sera flattée.

Avant de rentrer sur Londres, je pus voir Dora quelques instants; je m'apprêtais à lui raconter l'entretien avec ses tantes, mais elle m'avoua qu'elle nous avait écoutés derrière la porte. Contrarié par cette peccadille, je me montrai moins affectueux qu'à l'habitude au moment de lui faire mes adieux.

Ma tante, à qui je racontai tout, se réjouit de me voir heureux et promit de rendre visite aux tantes de Dora. J'écrivis aussitôt à Agnès pour lui exprimer toute ma gratitude et pour l'exhorter à être plus prudente que jamais. Elle m'envoya par retour du courrier une lettre emplie d'espérance et de gaité.

Les trois rencontres hebdomadaires avec Dora décuplèrent mon ardeur au travail. Cependant, les tantes de Dora la traitaient comme une enfant gâtée et l'appelaient Petite Fleur. Miss Lavinia prenait plaisir à lui fabriquer des ornements, à lui friser les cheveux comme à une jolie petite poupée. Et Dora se prêtait volontiers à toutes ces puérilités.

Un jour où nous étions seuls, je lui dis que je souhaitais qu'elle fît en sorte qu'on ne la traitât pas comme une enfant, mais comme une adulte. Elle se fâcha et me reprocha d'être cruel avec elle. Elle finit par reconnaître son erreur et je songeai que je la traitais, peut-être moi aussi, comme une poupée. Cette idée me troubla longtemps.

13

Oui, j'allais épouser Dora! Ses tantes donnèrent finalement leur consentement et il fut convenu que le mariage aurait lieu deux mois plus tard.

Miss Clarissa et ma tante parcoururent Londres d'un bout à l'autre pour trouver des meubles, tandis que Miss Lavinia faisait de Dora un mannequin et lui essayait toutes sortes de toilettes. La pauvre devait monter et descendre les escaliers du matin au soir, vêtue de somptueuses robes traînantes.

Peggoty arriva de Yarmouth pour aider à sa façon dans la maison. Elle nettoya, frotta et fit briller inlassablement.

J'écrivis deux fois à Steerforth pour l'inviter au mariage, mais, inexplicablement, il ne me répondit pas. L'avais-je blessé? Il arriverait sans doute au dernier moment, pensai-je, car son absence aurait été impardonnable.

Le grand jour arriva enfin. Il faisait un soleil éblouissant et, pendant tout le trajet jusqu'à l'église, ma tante garda ma main dans la sienne. Nous demeurâmes silencieux, mais je l'observais du coin de l'œil et je découvris qu'elle maîtrisait à grand-peine son émotion.

L'église était comble et la cérémonie me parut étrangement courte. Tout me semblait irréel; j'étais comme dans un rêve. Pendant l'office, Miss Lavinia se mit à pleurer. Sa sœur lui fit promptement respirer un flacon de sels. Agnès prenait soin de Dora qui balbutiait ses réponses d'une voix tremblante. Et la cérémonie se termina.

Dans la sacristie, Dora eut une crise de nerfs et pleura son pauvre papa, mais elle retrouva bientôt sa gaieté. Nous signâmes tous deux le registre et je partis chercher Peggoty pour qu'elle en fît autant. Elle me serra dans ses bras, et me dit en sanglotant qu'elle avait aussi assisté au mariage de ma mère.

Quelques minutes plus tard, je quittai l'église avec ma douce femme à mon bras. Steerforth n'était pas venu, et son absence me peina. Faute d'explication de sa part, je décidai qu'il n'était plus mon ami.

Notre lune de miel se prolongea pendant un mois. Puis, Dora et moi, nous nous installâmes joyeusement dans notre maison. La vie continuait.

Après avoir assisté à de nombreux débats au Parlement, je parvins à obtenir un poste dans cette institution, ô combien éminente. Je devais sténographier les discours des députés et, bien qu'il m'en coutât au début, la sténographie n'eut bientôt plus de secrets pour moi.

Tous les soirs, en rentrant à la maison, il me paraissait étrange de penser que Dora m'y attendait, et cette sensation à la fois merveilleuse et expectante me troublait. Cependant, Marianne, notre servante, fut la cause de notre première dispute.

Bien entendu, Dora et moi, nous ignorions tout de l'art de tenir un ménage; c'est pourquoi nous engageâmes Marianne. On nous l'avait expressément recommandée, mais cette perle somnolait sur les casseroles et oubliait souvent de servir les repas. Jusqu'à ce qu'un beau jour:

—Ne devions-nous pas dîner à quatre heures? demandai-je à Dora, car j'avais des crampes d'estomac.

—Si, pourquoi? répondit-elle innocemment.

—Parce qu'il est cinq heures, bredouillai-je.

Dora regarda négligemment la pendule et insinua:

—Cet engin ne marche pas bien; il avance toujours.

—Au contraire, il retarde... dis-je en fronçant les sourcils.

Dora ne m'avait pas écouté et elle dessina un trait de crayon sur mon front. Cette gentille plaisanterie me toucha mais je ne pus en faire mon dîner. Je me mis à rire et je suggérai à Dora d'en parler à Marianne. Sa réaction me troubla.

—Oh non, je ne pourrais pas.

—Pourquoi donc? répliquai-je.

—Marianne sait que je suis une petite oie. De plus, je ne veux pas me fâcher avec elle.

—Mais, chérie...! m'exclamai-je, ébahi.

—N'insiste pas, mon amour. Et ne prends pas cet air sérieux!

—Dans la vie, il faut parfois être sérieux, répondis-je glacialement.

Dora se mit à trembler comme une petite fille prise sur le fait.

—Dora, mais tu trembles! dis-je, inquiet.

—Tu me grondes et je le mérite, murmura-t-elle d'une voix tremblante.

—Je veux seulement te faire entendre raison, ma chérie, dis-je, d'un ton conciliant.

—Je ne me suis pas mariée pour entendre raison. Tu aurais dû me le dire.

Je tentai de la calmer, mais ce fut en vain.

—Je sais que tu regrettes de m'avoir épousée, c'est pour cela que tu essaies de me faire entendre raison.

Cette accusation ridicule me donna le courage de lui dire:

—Tu es très puérile et tu dis des bêtises. Tu juges témérairement; tu vois des reproches là où il n'y en a pas. Et tout cela, parce que je veux dîner à quatre heures... Cette situation est désagréable, comprends-le.

—Oh, David! Comme tu es cruel! Comment peux-tu dire que je suis une femme désagréable...?

—Je n'ai jamais dit cela!

—Si, tu l'as dit. Oh mon Dieu, comme je suis malheureuse!

—J'ai simplement dit que l'organisation de la maison n'était pas agréable.

—C'est exactement la même chose! cria-t-elle en se mettant à pleurer amèrement.

Je la contemplai, perplexe. Son attitude me semblait inadmissible et ne présageait rien de bon pour les jours à venir. Elle devina mes pensées et pleura de plus belle.

—Dora, essaye d'être un peu réaliste. Je ne regrette pas de m'être marié avec toi, car tu es une femme extraordinaire, mais tu dois surveiller Marianne et agir un peu par toi-même. C'est très facile, ma chérie, lui dis-je en la saisissant par les épaules.

—Comme tu es injuste et cruel avec moi! L'autre jour, j'ai été moi-même acheter un poisson bien loin, et puis je l'ai cuisiné, pour te faire plaisir, me reprocha Dora, en pleurant à chaudes larmes.

—C'était très gentil à toi, ma chérie. J'y ai été tellement sensible que pour rien au monde je n'aurais fait allusion au fait qu'il coûtait une livre six shillings, ce qui était trop cher pour nous.

—Tu n'es qu'un ingrat! Tu l'as trouvé délicieux et tu m'as dit que tu m'aimais.

—En effet, je t'aime, mais tu pourrais encore mieux faire.

Elle était inconsolable, et je crois que cet après-midi-là elle pleura comme jamais elle n'avait pleuré. Je savais que j'avais raison, mais je partis au Parlement en proie à de douloureux remords. La séance fut interminable et je commis de nombreuses erreurs que je dus pallier, par la suite, en inventant des phrases entières pour que les discours soient cohérents...

Nous n'eûmes pas à renvoyer Marianne. Elle partit d'elle-même, fatiguée sans doute de trop travailler. Mon épouse, soudain dépassée par toutes ces tâches domestiques, fit appel à moi: ce fut le désastre. Quand nous allions faire des courses, tous les commerçants nous dupaient. Notre pain n'avait que la croûte, la viande était coriace et le homard, plein d'eau.

Je consultai moi-même le livre de cuisine que Marianne avait —heureusement— oublié, et je compris aussitôt le principe de la cuisson. Cependant, jamais nous ne pûmes atteindre un résultat intermédiaire entre la viande rouge et le charbon. En outre, nos échecs culinaires nous revenaient plus chers que si nous avions pris nos repas dans un restaurant de luxe. Le gaspillage de nourriture et d'argent était donc énorme. Que pouvions-nous faire? Apprendre, naturellement et, à force d'opiniâtreté et d'esprit de sacrifice, nous triomphâmes de nos difficultés.

Soudain, je fus pris du désir d'écrire, sans savoir vraiment comment cela m'était venu; toujours est-il que je me livrai, la nuit, à la fantaisie littéraire, et qu'au bout de quelques mois je terminai un roman.

Non seulement il parut, mais il eut beaucoup de succès. On m'accabla de louanges; Dora était fière de moi et Agnès m'écrivit pour me témoigner sa joie. Cependant, je ne me laissai pas bercer par les éloges qui retentirent à mes oreilles.

Mes observations sur la nature humaine m'ont toujours montré que seuls ceux qui ne croient pas en eux-mêmes cherchent l'approbation d'autrui, et que la vantardise est une manifestation de cette insécurité. C'est pourquoi je conservai ma modestie par simple dignité personnelle et, plus j'obtenais de louanges, plus je m'efforçais de les mériter.

Après un an de mariage, je compris que je ne parviendrais jamais à modeler Dora en fonction de mes idées. Je résolus alors de m'adapter à elle et d'être aussi un peu gamin; nos problèmes conjugaux furent en partie résolus.

Malheureusement, Dora fit une fausse-couche, et la déception qui en résulta affecta sa santé, déjà bien fragile. Sa convalescence traînait en longueur et, au lieu de recouvrer la santé, elle se fanait comme une petite fleur. Elle gardait le lit en permanence; le rose de ses joues pâlissait; ses forces diminuaient à vue d'œil. Le soir, assis tout seul à mon bureau, je pleurais. C'était horrible de contempler la mort lente de ma petite Fleur.

Je reçus à cette époque la lettre suivante de M. Micawber:

"Cher monsieur: certaines circonstances de l'existence ont rompu les liens qui m'unissaient à vous. De plus, votre indiscutable talent littéraire vous a hissé sur un piédestal inaccessible. Il ne m'appartient pas, à moi qui suis dans la situation du Vaisseau coulé (s'il m'est permis d'emprunter cette désignation maritime), il ne m'appartient pas, dis-je, de faire l'éloge de l'ancien locataire de Mme Micawber, et je laisse cette tâche à des mains plus dignes et plus pures que les miennes. Les vagues du remords me poussent vers Londres et je viendrai y passer deux jours. Vous m'obligeriez, vous et M. Traddles, en vous rendant devant la prison de King's Bench, après-demain, à sept heures du soir. Cette entrevue est d'une extrême importance pour tous, et vous y trouverez les vestiges délabrés d'une tour effondrée.

Wilkins Micawber"
P.S. Ma femme n'a pas été informée de ce projet.

Je relus plusieurs fois cette lettre pour saisir le message caché sous cette phraséologie, mais en vain.

Je donnai rendez-vous à Traddles, sans savoir qu'il avait reçu lui aussi une lettre mystérieuse, mais de Mme Micawber. Nous échangeâmes nos lettres et voici ce que disait celle de Traddles:

"Mes meilleurs compliments à M. Traddles et toutes mes excuses si je l'importune quelques instants. Je vous écris sous l'empire du désespoir et je vais vous dire le pourquoi de cet état.

Depuis quelques temps, mon époux, jadis si attaché à son foyer, délaisse femme et enfants. Un grand changement s'est opéré dans sa conduite et je crains qu'il ne se soit vendu au diable. Il règne entre nous un climat de méfiance et de dissimulation, et je sais seulement qu'il a réservé un billet pour la diligence de Londres. Je supplie M. Traddles de me ramener mon époux, avec le concours de M. Copperfield, si nécessaire.

Emma Micawber"

Traddles et moi, nous décidâmes de ne pas manquer le rendez-vous fixé par M. Micawber. Ce dernier arriva en avance devant la prison de King's Bench et, après nous avoir salué très cérémonieusement, il se lança dans un exorde moral et philosophique relatif à son séjour dans cette prison et à ses malheurs présents, infiniment plus atroces.

Ensuite, je proposai d'aller chez ma tante car, chez moi, Dora était souffrante. Ma tante souhaita la bienvenue à M. Micawber et conversa avec lui.

—J'espère que Mme Micawber et les enfants vont bien, monsieur, lui dit ma tante avec chaleur.

—Ils se portent aussi bien que des vagabonds et des proscrits pourront jamais se porter! déclara-t-il d'un air désespéré.

—Au nom du ciel! Mais que dit cet homme? s'écria ma tante, surprise par les saillies de ce fripon.

—La vérité, madame. Notre futur tient à un fil. Mon patron...

M. Micawber s'interrompit pour réajuster sa cravate et je ne pus m'empêcher de lui demander avec curiosité:

—Votre patron? Parlez M. Micawber.

—Mon patron, M. Heep, eut un jour l'amabilité de me dire que, sans sa compassion et sans ses émoluments, je serais probablement un saltimbanque avaleur de sabres et cracheur de feu. Comme ma situation est de plus en plus critique, je vois déjà mes enfants réduits à se contorsionner comme des marionnettes et Mme Micawber actionner l'orgue de Barbarie pour pouvoir gagner de quoi manger.

—Quelle horreur! s'écria ma tante.

—Monsieur Micawber, vous êtes ici entre amis. Parlez sans crainte, je vous en prie, lui dis-je pour l'encourager à poursuivre dans cette voie.

—Je résume en peu de mots le drame qui nous

menace tous: c'est l'infamie, c'est la perfidie, c'est la fraude et la trahison. Et le nom de cette masse d'atrocités? Heep!

Ma tante battit des mains et nous nous dressâmes tous comme sous le coup d'une décharge électrique.

—Poursuivez, M. Micawber! criai-je.

—Jusqu'à aujourd'hui j'étais son esclave, comme tous ceux qui l'entourent, mais je veux rompre ces maudites chaînes qui me réduisent à mener cette vie méprisable et abjecte. Je veux me racheter! Je veux être libre! Liiibre...!

Il s'était échauffé peu à peu, et à présent il criait avec une véhémence terrifiante. Je ne l'avais jamais vu ainsi et je ne tentai même pas de le calmer.

—Je ne tendrai la main à aucun homme tant que je n'aurai pas mis en pièces ce misérable! Je ne goûterai l'hospitalité de personne tant que je n'aurai pas châtié ce serpent! Je ne regarderai personne, je ne dirai rien, tant que je n'aurai pas pulvérisé Uriah, cet hypocrite sublime, ce traître impérissable!

Son déchaînement était impressionnant et je redoutai l'apoplexie quand il s'affaissa hors d'haleine sur une chaise, en se tenant la gorge, comme si le nom de Heep l'étouffait. Je m'approchai de lui mais il me fit signe de rester à l'écart.

—Non, Copperfield! Aucune communication tant que Miss Wickfield n'aura pas eu réparation des torts infligés par Heep! J'exige de tous le secret inviolable; mais je vous convoque au bureau de M. Wickfield aujourd'hui en huit, à neuf heures et demie du matin.

Je démasquerai le scélérat pour pouvoir continuer à vivre parmi mes semblables.

M. Micawber se précipita ensuite hors de la maison, en nous laissant presque aussi excités et vindicatifs que lui.

14

Le jour du rendez-vous, ma tante, M. Dick et moi, nous nous rendîmes chez les Wickfield. Traddles, qui nous attendait, nous révéla que M. Micawber l'avait consulté en tant qu'avocat au sujet de l'action qu'il envisageait.

Le maître de maison gardait le lit, car il souffrait d'une fièvre rhumastismale. Ce fut donc M. Micawber qui nous accueillit.

—Je vais appeler Miss Wickfield; mais veuillez avoir l'amabilité de passer dans le bureau de M. Heep, dit-il après les politesses d'usage.

C'est ce que nous fîmes. Uriah fut surpris de notre visite mais n'en laissa presque rien voir. Il nous reçut avec cordialité et sut trouver le mot juste pour chacun de nous. Cependant, Traddles et ma tante lui répondirent avec rudesse et leurs insinuations ne lui échappèrent pas.

Quand Agnès et M. Micawber entrèrent dans le bureau, l'atmosphère était déjà tendue. Uriah nous regarda d'un air sinistre, comme s'il flairait un piège, et il observa avec inquiétude le geste de connivence qu'échangèrent les deux "conjurés". Puis Traddles quitta le bureau.

—Retirez-vous, Micawber, dit Uriah sombrement.

Mais M. Micawber resta planté devant la porte: il contemplait son patron avec un rictus sardonique.

—Qu'est ce que vous attendez Micawber? N'avez-vous pas entendu ce que je vous ai dit? répéta Uriah.

—Si, j'ai entendu. Mais je reste.

—J'ai l'habitude de vos fantaisies, Micawber, mais cette fois-ci vous dépassez les bornes. Allez, retirez-vous; je vous parlerai tout à l'heure, déclara Uriah suffoquant d'indignation.

—S'il y a sur terre un scélérat, c'est vous, Heep! explosa brusquement M. Micawber.

Uriah accusa le coup; il promena ses regards sur nous et ne rencontra que de l'hostilité.

—Ah, je comprends, dit-il d'une voix sourde. Vous êtes de connivence avec mon secrétaire. Je devine qui a monté tout cela. Mais prenez garde, monsieur Copperfield. Vous m'avez toujours refusé votre amitié parce que vous m'enviez, et maintenant vous voulez me détruire. Mais je saurai me défendre et je déjouerai vos complots. Tenez-vous-le pour dit. Et vous, M. Micawber, sortez, j'ai deux mots à vous dire!

—Monsieur Micawber, il est aux abois. Traitez-le comme il le mérite, dis-je pour l'encourager.

A ce moment-là, Traddles revint avec la mère d'Uriah, ce qui redoubla sa fureur.

—Que venez-vous faire ici, monsieur Traddles?

—Je suis venu tirer au clair certaines irrégularités administratives dont a été victime monsieur Wickfield, répondit-il gravement. Et j'ai dans ma poche une procuration qui me permet d'agir pour lui, quoi qu'il arrive.

—Ce vieillard est devenu gâteux! Vous avez dû lui soutirer cet acte en profitant d'un moment d'ébriété.

—Ce que vous m'imputez, vous, vous l'avez souvent fait, monsieur Heep, et votre secrétaire en témoignera.

—Uriah, cet homme dit-il la vérité? demanda Mme Heep, alarmée.

—Tais-toi, mère, brama Uriah, exaspéré.

—Mais mon petit Uriah...

—Fais-moi le plaisir de te taire. Laisse-moi démasquer ces fripons!

—C'est moi qui vais vous démasquer, monsieur Heep, s'écria Micawber, rouge de colère. Puis il se calma, saisit d'une main une règle posée sur la table de son patron, et prit dans l'autre un document qui se trouvait dans la serviette de Traddles. Puis il se mit à le lire avec emphase.

Il énuméra les multiples drames qu'il avait connus depuis sa naissance et en arriva à ce qui nous intéressait.

—Accablé sous le poids de l'ignorance, en proie à la folie et au désespoir, j'ai sollicité une place de secrétaire dans cette maison, dirigée nominalement par monsieur Wickfield et monsieur Heep. En réalité, seul Heep la dirigeait, Heep le faussaire et Heep l'escroc...

Uriah devint bleu et s'élança sur le document compromettant, mais Micawber esquiva adroitement l'attaque et lui allongea un bon coup de règle sur les doigts.

—Je vous revaudrai cela, cria Uriah, en se tordant de douleur.

—Essayez donc d'approcher encore une fois, dit l'autre en souriant placidement.

La scène était risible. Tandis qu'Uriah tentait obstinément de s'emparer de la lettre, Micawber multipliait les feintes et les parades. Finalement nous dûmes les séparer et le secrétaire put reprendre sa lecture.

—Mon salaire initial fut fixé à vingt-six schillings et six pence par semaine, étant entendu que la bassesse de mon caractère, la cupidité de mes mobiles et la complicité immorale avec mon patron pouvaient multiplier ce traitement par trois, par cinq ou par dix, en fonction de mon degré de corruption. Mais les faits démontrèrent que les promesses de mon patron étaient aussi fausses que ses intentions. Heep me payait avec des lettres de change et autres engagements similaires reconnus par nos institutions légales; de sorte qu'en quelques mois je me suis trouvé emmêlé dans la toile qu'il avait filée pour moi. Il en fut de même pour les avances qu'il me consentit.

«Cependant, Heep ne tarda pas à me faire participer à des falsifications de documents qui furent très préjudiciables à la fortune et à la santé mentale de monsieur Wickfield. Quand ce dernier était le moins apte à s'occuper d'affaires, Heep lui présentait des documents d'importance à signer d'urgence, toujours d'urgence, et son associé, bien sûr, signait. Ce fut dans de tels moments que Heep s'empara de sommes considérables et fit des emprunts inutiles dont le montant atterrissait dans sa poche. Voilà pourquoi aujourd'hui monsieur Wickfield dépend totalement de lui et est son principal débiteur pour une somme de douze mille livres sterling.

—Vous avez des preuves de tout ceci, Micawber? interrompit Uriah, dédaigneusement.

—Je les ai, oui monsieur. Vous souvenez-vous de l'agenda où vous vous entraîniez à imiter la signature de monsieur Wickfield avant de la contrefaire? On y trouve aussi trace de plusieurs de vos opérations frauduleuses. Parfait! s'écria-t-il devant la grimace d'épouvante d'Uriah. Cet agenda est en ma possession.

—C'est impossible, cria Uriah, effrayé.

—Je détiens également des papiers prouvant vos nombreuses spéculations illégales et autres malversations perpétrées par vous. Hier encore, je vous ai surpris en train de rédiger un projet de renonciation de monsieur Wickfield à sa part d'associé en échange d'une pension alimentaire, ajouta Micawber, imperturbable.

—Uriah, mon fils. Tâche d'arranger l'affaire et sois humble, s'écria madame Heep d'une voix terrorisée.

—Tais-toi, bon sang! hurla Uriah qui laissait enfin tomber le masque.

Agnès pleurait à côté de moi, moitié de chagrin, moitié de joie. Tandis que j'essayais de la consoler, je vis Uriah se lever de son fauteuil et s'élancer vers le coffre-fort. Nous le regardâmes faire. La clef était dessus et il ouvrit: le coffre-fort était vide.

—Où sont les livres? Qui les a volés? s'écria-t-il avec une effroyable expression de rage.

—Calmez-vous, Heep. Ils sont en ma possession. J'en prendrai soin, d'après les pouvoirs que j'ai reçus, dit Micawber avec fierté et satisfaction, tandis qu'il remettait sa lettre à ma tante.

Mais les malheurs d'Uriah ne devaient pas s'arrêter là. Ma tante, qui jusque-là avait écouté avec un calme parfait, bondit sur lui et le saisit au collet.

—Rendez-moi ma fortune!

Devant la stupeur générale, elle se tourna vers Agnès et s'expliqua:

—Ma chère Agnès; tant que j'ai cru que ma fortune avait réellement été dissipée par votre père, je n'ai pas soufflé mot. Même Trot ignorait que je l'avais déposée entre les mains de monsieur Wickfield. Mais maintenant, comme c'est cet individu qui en répond... je la veux.

Ma tante était suspendue à la cravate d'Uriah et, craignant qu'elle ne l'étranglât, je les séparai. Elle retrouva bientôt son calme et le fripon put reprendre son souffle.

On le menaça de l'envoyer à la prison de Maidstone et il cessa de regimber. Il accepta de donner à Traddles l'acte par lequel monsieur Wickfield lui faisait l'abandon de ses biens, ainsi que tous ses livres et tous ses papiers. Monsieur Micawber, tout ému, remit ses preuves à l'avocat et, pour la première fois de sa vie vraisemblablement, il fut en paix avec sa conscience.

—Je sais bien à qui je dois tout cela, Copperfield, grogna Uriah avant de quitter le bureau. Vous êtes satisfait, maintenant.

—Votre cupidité vous a trahi, Uriah, et elle a causé votre perte, répondis-je avec amertume.

—Et vous, vous me le paierez! cria-t-il à l'intention de Micawber.

Ce dernier, dédaignant la menace, nous invita chez lui pour assister à sa réconciliation avec sa femme. Nous lui devions bien cette satisfaction; cependant, Agnès resta pour s'occuper de son père, et Traddles pour surveiller Uriah.

La scène fut très émouvante et ma tante versa quelques larmes. Après ces effusions, Madame Micawber nous remercia de notre visite et regretta l'absence d'Agnès et de Traddles.

Ma tante demanda à Micawber s'il n'avait jamais songé à émigrer outre-mer avec les siens, et il répondit:

—C'est le rêve de ma jeunesse, madame. L'Australie m'a toujours fasciné, mais sans fonds...

—Là n'est pas la question, répliqua-t-elle. Vous nous avez rendu un immense service. Grâce à vous je récupère partiellement ma fortune. Nous vous trouverons des capitaux.

—Je ne saurais les accepter à titre de cadeau... mais si vous me concédiez un prêt, moyennant un intérêt annuel de cinq pour cent, sous forme de billets à ordre à échéance de douze, dix-huit et vingt-quatre mois... ce serait différent.

C'était le Micawber de toujours, orgueilleux et fanfaron, bienveillant et honnête par-dessus tout. Ma tante accepta ses conditions et il se mit à bâtir des châteaux en Espagne, tandis que sa femme s'intéressait aux mœurs des kangourous. L'étrange famille allait peut-être, cette fois-ci, faire fortune... au risque de tout perdre tôt ou tard.

15

Les médecins m'annoncèrent que Dora allait bientôt nous quitter pour toujours, et cette nouvelle me plongea dans le désespoir. Je ne pouvais admettre qu'elle allait m'abandonner, mais hélas, comme toujours, la réalité était implacable. Mon Dieu! Comme j'étais angoissé!

La dernière nuit, Agnès et ma tante étaient avec nous. Dora, bien qu'agonisante, paraissait gaie et presque heureuse.

—Ecoute-moi, David, murmura-t-elle alors que j'étais seul avec elle. Je voudrais te dire quelques chose. J'ai toujours été un petit être stupide et capricieux... Non, ne dis rien! J'ai commis une erreur en t'épousant, parce que je n'étais pas capable de te rendre heureux.

—Ne sois pas absurde, Dora, répondis-je sans pouvoir retenir mes larmes. Tu es une bonne épouse et tu m'as rendu heureux.

—Ne pleure pas, David. Je me sens très bien et tu es si bon... S'il te plaît, je veux parler à Agnès toute seule. Dis-le-lui.

Dora faiblissait et je descendis en hâte au salon chercher Agnès. Tandis qu'elle montait, je m'assis auprès du feu et je perdis la notion du temps; accablé par un terrible chagrin, je revoyais les années passées auprès de Dora. Notre chien Jip me lécha la main. J'ignore combien de temps s'était écoulé, mais Jip gémit. Je levai les yeux vers le haut de l'escalier et je vis Agnès qui pleurait, la main levée vers le ciel.

—Agnès!

—Oui, mon pauvre David. Dora a quitté ce monde.

Mes yeux s'obscurcirent. C'était fini. Plus rien n'existait pour moi et je m'abandonnai alors à la nostalgie.

Quelques jours plus tard, sur la demande de Traddles, nous retournâmes à Cantorbéry, ma tante, Agnès et moi. Malgré notre chagrin, il fallait bien parler affaires.

Mon fidèle ami nous apprit, avec délicatesse et sérieux, que l'état de monsieur Wickfield s'était considérablement amélioré et que sa comptabilité était à présent parfaitement en ordre. Il pourrait très bientôt reprendre la direction de ses affaires malgré les importantes pertes subies; on ne pouvait réparer toutes les erreurs commises volontairement par Uriah. Plusieurs années d'austérité seraient nécessaires pour redresser complètement la situation.

Agnès s'en remit aux arguments de Traddles et exposa les deux projets qui lui tenaient à cœur: garder sa vieille maison et ouvrir une école. Elle serait alors utile et heureuse.

Traddles s'occupa ensuite des affaires de ma tante.

Il avait réussi à retrouver les cinq mille livres, soi disant vendues puis récupérées par la suite par Uriah. Le discernement de monsieur Wickfield avait été décisif pour découvrir ce qu'était devenu cet argent.

Quant à Uriah, il était parti la veille au soir pour Londres, avec sa mère. Il devait lui rester quelque argent volé de diverses façons, mais il était évident qu'il finirait, tôt ou tard, en prison.

Ces excellentes nouvelles provoquèrent l'allégresse générale. Les Micawber, prêts à s'embarquer pour l'Australie, compatirent à mon veuvage et, grâce à notre intervention, ils évitèrent la prison pour dettes.

Une semaine plus tard, je me reposais à Yarmouth pour retrouver une paix intérieure fort bousculée par les événements récents. Le mauvais temps rendit mon voyage fatigant et hasardeux, mais ce ne fut qu'un avant-goût de la tragédie qui m'attendait.

En effet, une terrible tempête s'était abattue sur Yarmouth peu avant mon arrivée, et sa violence se déchaîna vers midi.

Je revins à l'hôtel pour me changer. Je voulais dormir mais une étrange inquiétude m'en empêcha. A trois heures, on me servit le repas mais je n'y touchai point. Mon agitation allait croissant. De retour dans ma chambre, je sombrai enfin dans le sommeil.

Un cri d'alarme me réveilla au bout d'une heure; une voix excitée criait au rez-de-chaussée de l'hôtel:

—Naufrage! Tous à la plage! Naufrage!

Je courus sur la plage pour me joindre aux gens qui s'y trouvaient déjà. La mer toute entière était soulevée par d'énormes vagues couronnées d'écume qui se brisaient sur le rivage avec fracas. Non loin de là, une goélette luttait désespérément contre les éléments. L'un de ses mâts avait été brisé, et il venait frapper la carène à chaque coup de roulis. L'équipage, armé de hâches, tentait de trancher le tronc. Soudain, une muraille liquide balaya le pont et emporta hommes, planches et cordages, sous les cris d'horreur de la foule.

L'autre mât était encore debout, mais les voiles étaient en lambeaux. Le bateau touchait le fond puis réapparaissait et menaçait de se briser par le milieu. Lorsque deux têtes surgirent de l'eau avec l'épave, un grand cri de pitié s'éleva de la plage. Les deux condamnés se cramponnaient désespérément aux agrès du dernier mât, mais ils étaient épuisés et ne tarderaient pas à couler.

—Mais faites quelque chose! dis-je en implorant un groupe de marins qui était à côté de moi. Ils vont se noyer!

—On ne peut rien faire, monsieur, répondit l'un d'eux. Cela fait une heure que nous essayons de mettre à l'eau un canot de sauvetage, mais il n'y a pas moyen.

C'est alors que je vis Cham fendre la foule d'un pas décidé. Je me précipitai pour le supplier de ne pas aller secourir les naufragés au péril de sa vie. Il fixa résolument la mer et je compris qu'il ne céderait pas.

—N'y vas pas, Cham, n'y vas pas! hurlai-je quand je le vis courir vers les vagues, attaché au bout d'une corde.

—Tenez bon, camarades! lança-t-il au groupe de marins qui tenait l'autre extrémité du cordage.

Cham, perdu sous l'écume, entreprit de retrouver les deux hommes disparus un instant plus tôt. Lorsqu'il refit surface pour respirer, je crus voir du sang sur son visage.

La mer l'éloignait inexorablement du navire, mais il n'abandonnait pas la partie. Soudain, une lame gigantesque surgit derrière le bateau et engloutit hommes et embarcation!

Quelques minutes plus tard, les vagues rejetèrent sur le rivage les corps sans vie de Cham et de plusieurs marins. Malgré ma douleur, je scrutai attentivement les visages violacés... et je fus horrifié et désespéré en découvrant que Steerforth faisait partie de l'équipage que Cham avait tenté de secourir!

Plus tard, Agnès me raconta les aventures de mon ami. Steerforth avait dû fuir l'Angleterre parce qu'il s'était rendu coupable d'une importante escroquerie; c'est pour cette raison qu'il n'avait jamais répondu à mon invitation de mariage. La justice le poursuivait pour bien d'autres délits.

Je me demandai si, avant de mourir, il pensait revenir pour affronter ses responsabilités et réparer ses fautes. Je voulus le croire, pour rendre un dernier hommage à sa personne et à notre amitié.

Ces nouvelles épreuves rouvrirent la blessure de mon âme mutilée depuis la mort de Dora, et je sentis qu'il fallait absolument que je parte, très loin. Mes proches ne réussirent pas à me retenir et je m'embarquai pour le continent.

Des mois durant, j'allai de ville en ville, j'errai d'un pays à l'autre, prisonnier d'un malaise intérieur que ni le temps, ni les expériences nouvelles ne dissipaient. Parfois, je m'attardais longuement dans un seul endroit, ou bien je voyageais de place en place sans m'arrêter nulle part. Je parcourus ainsi la France, l'Italie, les Pays-Bas, l'Allemagne, la Suisse et je découvris le cœur des Alpes avec un guide de montagne.

Un jour, on me remit une lettre dans l'auberge du hameau où je logeais. C'était une lettre d'Agnès. Je la lus en hâte et je compris qu'un nouvel espoir était né dans mon cœur; il avait un nom et un visage: Agnès.

Je repartis pour l'Angleterre quelques semaines après cette révélation, partagé entre l'anxiété et l'espoir. N'était-ce pas trop tard? Mon amour naissant allait-il se voir frusté? Sa lettre était-elle sincère?

EPILOGUE

Londres me sembla un peu changé mais toujours aussi beau sous la triste lumière automnale. Mon retour étant prévu pour Noël, personne ne m'attendait sur le quai, mais j'en fus désappointé. J'appris que Traddles avait commencé à se faire une clientèle et pensait bientôt se marier. Quant à ma tante, elle était retournée à Douvres et je m'y rendis donc.

Je fus reçu à bras ouverts par elle, M. Dick et Peggoty. Ce fut une explosion de joie et de larmes. Ces manifestations d'affection me réchauffèrent le cœur et m'arrachèrent à ma solitude volontaire. Ma tante me raconta que, contre toute attente, monsieur Micawber réussissait à merveille en Australie et que, fidèle à ses engagements, il payait religieusement toutes les dettes contractées avant son départ. Elle me parla ensuite de la situation de Traddles, des bons conseils de monsieur Dick, de l'inappréciable compagnie de Peggoty et du retour dans la maison de sa servante Jeannette.

Enfin elle insinua:

—Songes-tu à aller à Cantorbéry, Trot?

—Oui, pourquoi? répondis-je ironiquement.

—Tu verras que monsieur Wickfield est un vieillard à cheveux blancs, bien qu'à tous autres égards il se soit amélioré. Quant à Agnès, j'imagine que tu es au courant du succès de ses entreprises, répondit-elle, en me regardant sévèrement.

—A-t-elle un fiancé? demandai-je, subitement troublé par son regard.

—Non, mais elle aurait pu se marier vingt fois, depuis que tu es parti.

Ce reproche voilé dissipa mes inquiétudes. Agnès lui avait, bien sûr, fait ses confidences.

Le lendemain, je partis voir Agnès, le cœur trop plein d'émotion. Elle était toujours aussi belle et aussi charmante. Ma visite ne la surprit pas. Elle me dit que son père allait bien et que les affaires familiales avaient repris un cours normal.

—Comment va ton école? demandai-je.

—Merveilleusement bien! répondit-elle avec un sourire mélancolique. J'aime ce que je fais, même si c'est parfois épuisant. Tu sais combien j'aime les enfants.

—N'as-tu jamais pensé à te marier et à avoir des enfants à toi?

Elle devint toute rouge, et je compris que c'était le moment ou jamais de lui déclarer mon amour.

—Aimes-tu quelqu'un Agnès?

—Oui, mais il ne le sait peut-être pas, murmura-t-elle en tremblant et en baissant les yeux.

—Tu te trompes, mon amour. Il le sait depuis longtemps, lui dis-je d'une voix altérée.

Un même élan nous poussa l'un vers l'autre et nous

nous embrassâmes. Nous étions heureux, très heureux et toutes nos peines furent oubliées à cet instant-là.

Ma tante accueillit la nouvelle avec joie, tout comme nos amis et nos connaissances. Le mariage eut lieu un mois plus tard dans l'intimité. Les seuls invités furent monsieur Wickfield, Traddles et son épouse Sophie, le docteur Strong et sa femme, Peggoty et monsieur Dick, et naturellement ma tante.

Quand nous fûmes seuls, Agnès me révéla un secret jalousement gardé.

—Maintenant que tu es mon mari, j'ai une révélation à te faire, David. Te souviens-tu du soir où Dora est morte? me dit-elle.

—Oui, répondis-je, un peu perplexe.

—Elle t'avait envoyé me chercher.

J'acquiesçai d'un signe de tête. Où voulait-elle en venir?

—Elle voulait que j'accomplisse sa dernière volonté, murmura Agnès en m'observant attentivement.

—Je commence à comprendre, dis-je.

—Elle désirait que personne d'autre que moi ne vînt prendre la place qu'elle laissait vide.

Agnès se mit à pleurer doucement et posa sa tête sur ma poitrine; et je pleurai avec elle malgré notre si grand bonheur.

A partir de ce jour-là, notre existence fut douce et paisible, et... mais ceci est une autre histoire.

F I N